Tucholsky   Wagner   Zola   Scott   Sydow   Schlegel
Turgenev   Wallace   Fonatne   Freud
Twain   Walther von der Vogelweide   Fouqué   Friedrich II. von Preußen
Weber   Freiligrath   Frey
Fechner   Fichte   Weiße Rose   von Fallersleben   Kant   Ernst   Frommel
Richthofen
Hölderlin
Engels   Fielding   Eichendorff   Tacitus   Dumas
Fehrs   Faber   Flaubert
Eliasberg   Ebner Eschenbach
Maximilian I. von Habsburg   Fock   Eliot   Zweig
Feuerbach   Ewald   Vergil
Goethe   Elisabeth von Österreich   London
Mendelssohn   Balzac   Shakespeare   Dostojewski   Ganghofer
Trackl   Lichtenberg   Rathenau   Doyle   Gjellerup
Stevenson   Hambruch
Mommsen   Tolstoi   Lenz   Droste-Hülshoff
Thoma   Hanrieder
Dach   von Arnim   Hägele   Hauff   Humboldt
Reuter   Verne
Karrillon   Rousseau   Hagen   Hauptmann   Gautier
Garschin
Damaschke   Defoe   Hebbel   Baudelaire
Descartes
Schopenhauer   Hegel   Kussmaul   Herder
Wolfram von Eschenbach   Dickens
Darwin   Grimm   Jerome   Rilke   George
Bronner   Melville
Campe   Horváth   Aristoteles   Bebel   Proust
Bismarck   Vigny   Barlach   Voltaire   Federer   Herodot
Gengenbach   Heine
Storm   Casanova   Tersteegen   Grillparzer   Georgy
Chamberlain   Lessing   Gilm
Brentano   Langbein   Gryphius
Strachwitz   Claudius   Schiller   Lafontaine
Kralik   Iffland   Sokrates
Katharina II. von Rußland   Bellamy   Schilling
Gerstäcker   Raabe   Gibbon   Tschechow
Löns   Hesse   Hoffmann   Gogol   Wilde   Gleim   Vulpius
Luther   Heym   Hofmannsthal   Klee   Hölty   Morgenstern
Roth   Heyse   Klopstock   Kleist   Goedicke
Luxemburg   Puschkin   Homer   Mörike
Machiavelli   La Roche   Horaz   Musil
Kierkegaard   Kraft   Kraus
Navarra   Aurel   Musset   Hugo   Moltke
Lamprecht   Kind   Kirchhoff
Nestroy   Marie de France   Laotse   Ipsen   Liebknecht
Nietzsche   Nansen   Ringelnatz
Marx   Lassalle   Gorki   Klett   Leibniz
von Ossietzky   May   Irving
vom Stein   Lawrence
Petalozzi   Knigge
Platon   Michelangelo   Kafka
Sachs   Pückler   Kock   Korolenko
Poe   Liebermann
de Sade   Praetorius   Mistral   Zetkin

La maison d'édition tredition, basée à Hambourg, a publié dans la série **TREDITION CLASSICS** des ouvrages anciens de plus de deux millénaires. Ils étaient pour la plupart épuisés ou uniquement disponible chez les bouquinistes.

La série est destinée à préserver la littérature et à promouvoir la culture. Elle contribue ainsi au fait que plusieurs milliers d'œuvres ne tombent plus dans l'oubli.

La figure symbolique de la série **TREDITION CLASSICS**, est Johannes Gutenberg (1400 - 1468), imprimeur et inventeur de caractères métalliques mobiles et de la presse d'impression.

Avec sa série **TREDITION CLASSICS**, tredition à comme but de mettre à disposition des milliers de classiques de la littérature mondiale dans différentes langues et de les diffuser dans le monde entier. Toutes les œuvres de cette série sont chacune disponibles en format de poche et en édition relié. Pour plus d'informations sur cette série unique de livres et sur l'éditeur tredition, visitez notre site: www.tredition.com

tredition a été créé en 2006 par Sandra Latusseck et Soenke Schulz. Basé à Hambourg, en Allemagne, tredition offre des solutions d'édition aux auteurs ainsi qu'aux maisons d'édition, en combinant à la fois édition et distribution du contenu du livre en imprimé et numérique et ce dans le monde entier. tredition est idéalement positionnée pour permettre aux auteurs et maisons d'édition de créer des livres dans leurs propres domaines et sujets sans prendre de risques de fabrication conventionnelles.

Pour plus d'informations nous vous invitons à visiter notre site: www.tredition.com

Smarra ou les démons de la nuit
Songes romantiques

Charles Nodier

Mentions légales

Cette œuvre fait partie de la série TREDITION CLASSICS.

Auteur: Charles Nodier
Conception de couverture: toepferschumann, Berlin (Allemagne)

Editeur: tredition GmbH, Hambourg (Allemagne)
ISBN: 978-3-8491-3687-1

www.tredition.com
www.tredition.de

L'objectif de TREDITIONS CLASSICS est de mettre à nouveau à disposition des milliers d'œuvres de classiques français, allemands et d'autres langues disponible dans un format livre. Les œuvres ont été scannés et digitalisés. Malgré tous les soins apportés, des erreurs ne peuvent pas être complètement exclues. Nos partenaires et nous même, tredition, essayons d'aboutir aux meilleurs résultats. Toutefois, si des fautes subsistent, nous vous prions de nous en excuser. L'orthographe de l'œuvre originale a été reprise sans modification. Il se peut que ce dernier diffère de l'orthographe utilisée aujourd'hui.

Charles Nodier

SMARRA

ou

LES DÉMONS DE LA NUIT

(1821)

Préface de la première édition (1821)

L'ouvrage singulier dont j'offre la traduction au public est moderne et même récent. On l'attribue généralement en Illyrie à un noble Ragusain qui a caché son nom sous celui du comte Maxime Odin à la tête de plusieurs poèmes du même genre. Celui-ci, dont je dois la communication à l'amitié de M. le chevalier Fedorovich Albinoni, n'était point imprimé lors de mon séjour dans ces provinces. Il l'a probablement été depuis.

Smarra est le nom primitif du mauvais esprit auquel les anciens rapportaient le triste phénomène du cauchemar. Le même mot exprime encore la même idée dans la plupart des dialectes slaves, chez les peuples de la terre qui sont le plus sujets à cette affreuse maladie. Il y a peu de familles morlaques où quelqu'un n'en soit tourmenté. Ainsi, la Providence a placé aux deux extrémités de la vaste chaîne des Alpes de Suisse et d'Italie les deux infirmités les plus contrastées de l'homme; dans la Dalmatie, les délires d'une imagination exaltée qui a transporté l'exercice de toutes ses facultés sur un ordre purement intellectuel d'idées; dans la Savoie et le Valais, l'absence presque totale des perceptions qui distinguent l'homme de la brute: ce sont, d'un côté, les frénésies d'Ariel, et de l'autre, la stupeur farouche de Caliban.

Pour entrer avec intérêt dans le secret de la composition de Smarra, il faut peut-être avoir éprouvé les illusions du cauchemar dont ce poème est l'histoire fidèle, et c'est payer un peu cher l'insipide plaisir de lire une mauvaise traduction. Toutefois, il y a si peu de personnes qui n'aient jamais été poursuivies dans leur sommeil de quelque rêve fâcheux, ou éblouies des prestiges de quelque rêve enchanteur qui a fini trop tôt, que j'ai pensé que cet ouvrage aurait au moins pour le grand nombre le mérite de rappeler des sensations connues qui, comme le dit l'auteur, n'ont encore été décrites en aucune langue, et dont il est même rare qu'on se rende compte à soi-même en se réveillant. L'artifice le plus difficile du poète est d'avoir enfermé le récit d'une anecdote assez soutenue, qui a son exposition, son nœud, sa péripétie et son dénouement, dans une succession de songes bizarres dont la transition n'est souvent déterminée que par un mot. En ce point même, cependant, il n'a fait que se conformer au caprice piquant de la nature, qui se joue à nous faire parcourir dans la durée d'un seul rêve, plusieurs fois interrompu par des épisodes étrangers à son objet, tous les développements d'une action régulière, complète et plus ou moins vraisemblable.

Les personnes qui ont lu Apulée s'apercevront facilement que la fable du premier livre de L'*Âne d'or* de cet ingénieux conteur a beaucoup de rapports avec celle-ci, et qu'elles se ressemblent par le fond presque autant qu'elles diffèrent par la forme. L'auteur paraît même avoir affecté de solliciter ce rapprochement en conservant à son principal personnage le nom de Lucius. Le récit du philosophe de Madaure et celui du prêtre dalmate, cité par Fortis, tome I, page 65, ont en effet une origine commune dans les chants traditionnels d'une contrée qu'Apulée avait curieusement visitée, mais dont il a dédaigné de retracer le caractère, ce qui n'empêche pas qu'Apulée ne soit un des écrivains les plus romantiques des temps anciens. Il florissait à l'époque même qui sépare les âges du goût des âges de l'imagination.

Je dois avouer en finissant que, si j'avais apprécié les difficultés de cette traduction avant de l'entreprendre, je ne m'en serais jamais occupé. Séduit par l'effet général du poème sans me rendre compte des combinaisons qui le produisaient, j'en avais attribué le mérite à la composition qui est cependant tout à fait nulle, et dont le faible intérêt ne soutiendrait pas longtemps l'attention, si l'auteur ne l'avait relevé par l'emploi des prestiges d'une imagination qui étonne, et surtout par la hardiesse incroyable d'un style qui ne cesse jamais cependant d'être élevé, pittoresque, harmonieux. Voilà précisément ce qu'il ne m'était pas donné de reproduire, et ce que je n'aurais pu essayer de faire passer dans notre langue sans une présomption ridicule. Certain que les lecteurs qui connaissent l'ouvrage original ne verront dans cette faible copie qu'une tentative impuissante, j'avais du moins à cœur qu'ils ne crussent pas y voir l'effort trompé d'une vanité malheureuse. J'ai en littérature des juges si sévèrement inflexibles et des amis si religieusement impartiaux, que je suis persuadé d'avance que cette explication ne sera pas inutile pour les uns et pour les autres.

Préface nouvelle (1832)

Sur des sujets nouveaux faisons des vers antiques, a dit André Chénier. Cette idée me préoccupait singulièrement dans ma jeunesse; et il faut dire, pour expliquer mes inductions et pour les excuser, que j'étais seul, dans ma jeunesse, à pressentir l'infaillible avènement d'une littérature nouvelle. Pour le génie, ce pouvait être une révélation. Pour moi, ce n'était qu'un tourment.

Je savais bien que les sujets n'étaient pas épuisés, et qu'il restait encore des domaines immenses à exploiter à l'imagination; mais je le savais obscurément, à la manière des hommes médiocres, et je louvoyais de loin sur les parages de l'Amérique, sans m'apercevoir qu'il y avait là un monde. J'attendais qu'une voix aimée criât: TERRE!

Une chose m'avait frappé: c'est qu'à la fin de toutes les littératures, l'invention semblait s'enrichir en proportion des pertes du goût, et que les écrivains en qui elle surgissait, toute neuve et toute brillante, retenus par quelque étrange pudeur, n'avaient jamais osé la livrer à la multitude que sous un masque de cynisme et de dérision, comme la folie des joies populaires ou la ménade des bacchanales. Ceci est le signalement distinctif des génies trigémeaux de Lucien, d'Apulée et de Voltaire.

Si on cherche maintenant quelle était l'âme de cette création des temps achevés, on la trouvera dans la fantaisie. Les grands hommes des vieux peuples retournent comme les vieillards aux jeux des petits enfants, en affectant de les dédaigner devant les sages; mais c'est là qu'ils laissent déborder en riant tout ce que la nature leur avait donné de puissance. Apulée, philosophe platonicien, et Voltaire poète épique, sont des nains à faire pitié. L'auteur de L'Âne d'or, celui de La Pucelle et de Zadig, voilà des géants!

Je m'avisai un jour que la voie du fantastique, pris au sérieux, serait tout à fait nouvelle, autant que l'idée de nouveauté peut se présenter sous une acception absolue dans une civilisation usée. L'Odyssée d'Homère est du fantastique sérieux, mais elle a un caractère qui est propre aux conceptions des premiers âges, celui de la naïveté. Il ne me restait plus, pour satisfaire à cet instinct curieux et inutile de mon faible esprit, que de découvrir dans l'homme la source d'un fantastique vraisemblable ou vrai, qui ne résulterait que d'impressions naturelles ou de croyances répandues, même parmi les hauts esprits de notre siècle incrédule, si profondément déchu de la naïveté antique. Ce que je cherchais, plusieurs hommes l'ont trouvé depuis; Walter Scott et Victor Hugo, dans des types extraordinaires mais possibles, circonstance aujourd'hui essentielle qui manque à la réalité poétique de Circé et de Polyphème; Hoffmann, dans la frénésie nerveuse de l'artiste enthousiaste, ou dans les phénomènes plus ou moins démontrés du magnétisme. Schiller, qui se jouait de toutes les difficultés, avait déjà fait jaillir des émotions graves et terribles d'une combinaison encore plus commune dans ses moyens, de la collusion de deux charlatans de place, experts en fantasmagorie.

Le mauvais succès de Smarra ne m'a pas prouvé que je me fusse entièrement trompé sur un autre ressort du fantastique moderne, plus merveilleux, selon moi, que les autres. Ce qu'il m'aurait prouvé, c'est que je manquais de puissance pour m'en servir, et je n'avais pas besoin de l'apprendre. Je le savais.

La vie d'un homme organisé poétiquement se divise en deux séries de sensations à peu près égales, même en valeur, l'une qui résulte des illusions de la vie éveillée, l'autre qui se forme des illusions du sommeil. Je ne disputerai pas sur l'avantage relatif de l'une ou de l'autre de ces deux manières de percevoir le monde imaginaire, mais je suis souverainement convaincu qu'elles n'ont rien à s'envier réciproquement à l'heure de la mort. Le songeur n'aurait rien à gagner à se donner pour le poète, ni le poète pour le songeur.

Ce qui m'étonne, c'est que le poète éveillé ait si rarement profité dans ses œuvres des fantaisies du poète endormi, ou du moins qu'il ait si rarement avoué son emprunt, car la réalité de cet emprunt dans les conceptions les plus audacieuses du génie est une chose qu'on ne peut pas contester. La descente d'Ulysse aux enfers est un rêve. Ce partage de facultés alternatives était probablement compris par les écrivains primitifs. Les songes tiennent une grande place dans l'Écriture. L'idée même de leur influence sur les développements de la pensée, dans son action extérieure, s'est conservée par une singulière tradition à travers toutes les circonspections de l'école classique. Il n'y a pas vingt ans que le songe était de rigueur quand on composait une tragédie; j'en ai entendu cinquante, et malheureusement il semblait à les entendre que leurs auteurs n'eussent jamais rêvé.

A force de m'étonner que la moitié et la plus forte moitié sans doute des imaginations de l'esprit ne fussent jamais devenues le sujet d'une fable idéale si propre à la poésie, je pensai à l'essayer pour moi seul, car je n'aspirais guère à jamais occuper les autres de mes livres et de mes préfaces, dont ils ne s'occupent pas beaucoup. Un accident assez vulgaire d'organisation qui m'a livré toute ma vie à ces féeries du sommeil, cent fois plus lucides pour moi que mes amours, mes intérêts et mes ambitions, m'entraînait vers ce sujet. Une seule chose m'en rebutait presque invinciblement, et il faut que je la dise. J'étais admirateur passionné des classiques, les seuls auteurs que j'eusse lus sous les yeux de mon père, et j'aurais renoncé à mon projet si je n'avais trouvé à l'exécuter dans la paraphrase poétique du premier livre d'Apulée, auquel je devais tant de rêves étranges qui avaient fini par préoccuper mes jours du souvenir de mes nuits.

Cependant ce n'était pas tout. J'avais besoin aussi pour moi (cela est bien entendu) de l'expression vive et cependant élégante et harmonieuse de ces caprices du rêve qui n'avaient jamais été écrits, et dont le conte de fées d'Apulée n'était que le canevas. Comme le cadre de cette étude ne paraissait pas encore illimité à ma jeune et vigoureuse patience, je m'exerçai intrépidement à traduire et à retraduire toutes les phrases presque intraduisibles des classiques qui se rapportaient à mon plan, à les fondre, à les malléer, à les assouplir à la forme du premier auteur, comme je l'avais appris de Klosptock, ou comme je l'avais appris d'Horace:

Et male tornatos incudi reddere versus.

Tout ceci serait fort ridicule à l'occasion de Smarra, s'il n'en sortait une leçon assez utile pour les jeunes gens qui se forment à écrire la langue littéraire, et qui ne l'écriront jamais bien, si je ne me trompe, sans cette élaboration consciencieuse de la phrase bien faite et de l'expression bien trouvée. Je souhaite qu'elle leur soit plus favorable qu'à moi.

Un jour ma vie changea, et passa de l'âge délicieux de l'espérance à l'âge impérieux de la nécessité. Je ne rêvais plus mes livres à venir, et je vendais même mes rêves aux libraires. C'est ainsi que parut Smarra, qui n'aurait jamais paru sous cette forme si j'avais été libre de lui en donner une autre.

Tel qu'il est, je crois que Smarra, qui n'est qu'une étude, et je ne saurais trop le répéter, ne sera pas une étude inutile pour les grammairiens un peu philologues, et c'est peut-être une raison qui m'excuse de le reproduire. Ils verront que j'ai cherché à y épuiser toutes les formes de la phraséologie française, en luttant de toute ma puissance d'écolier contre les difficultés de la construction grecque et latine, travail immense et minutieux comme celui de cet homme qui faisait passer des grains de mil par le trou d'une aiguille, mais qui mériterait peut-être un boisseau de mil chez les peuples civilisés.

Le reste ne me regarde point. J'ai dit de qui était la fable: sauf quelques phrases de transition, tout appartient à Homère, à Théocrite, à Virgile, à Catulle, à Stace, à Lucien, à Dante, à Shakespeare, à Milton. Je ne lisais pas autre chose. Le défaut criant de Smarra était donc de paraître ce qu'il était réellement, une étude, un centon, un pastiche des classiques, le plus mauvais volumen de l'école d'Alexandrie échappé à l'incendie de la bibliothèque des Ptolémées. Personne ne s'en avisa.

Devineriez-vous ce qu'on fit de Smarra, de cette fiction d'Apulée, peut-être gauchement parfumée des roses d'Anacréon? Oh! livre studieux, livre méticuleux, livre d'innocence et de pudeur scolaire, livre écrit sous l'inspiration de l'antiquité la plus pure! on en fit un livre romantique! et Henri Estienne, Scapula et Schrevelius ne se levèrent pas de leurs tombeaux pour les démentir! Pauvres gens!— Ce n'est pas de Schrevelius, de Scapula et d'Henri Estienne que je parle.

J'avais alors quelques amis illustres dans les lettres, qui répugnaient à m'abandonner sous le poids d'une accusation aussi capitale. Ils auraient bien fait quelques concessions, mais romantique était un peu fort. Ils avaient tenu bon longtemps. Quand on leur parla de Smarra, ils lâchèrent pied. La Thessalie sonnait plus rudement à leurs oreilles que le Scotland.»Larisse et le Pénée, où diable a-t-il pris cela?» disait ce bon Lémontey (Dieu l'ait en sa sainte garde!) — C'étaient de rudes classiques, je vous en réponds!

Ce qu'il y a de particulier et de risible dans ce jugement, c'est qu'on ne fit grâce tout au plus qu'à certaines parties du style, et c'était à ma honte la seule chose qui fût de moi dans le livre. Des conceptions fantastiques de l'esprit le plus éminent de la décadence, de l'image homérique, du tour virgilien, de ces figures de construction si laborieusement, et quelquefois si artistement calquées, il n'en fut pas question. On leur accorda d'être écrites, et c'était tout. Imaginez, je vous prie, une statue comme l'Apollon ou l'Antinous sur laquelle un méchant manœuvre a jeté en passant, pour s'en débarrasser, quelque pan de haillon, et que l'académie des Beaux-Arts trouve mauvaise, mais assez proprement drapée!...

Mon travail sur Smarra n'est donc qu'un travail verbal, l'œuvre d'un écolier attentif; il vaut tout au plus un prix de composition au collège, mais il ne valait pas tant de mépris; j'adressai quelques jours après à mon malheureux ami Auger un exemplaire de Smarra avec les renvois aux classiques, et je pense qu'il peut s'être trouvé dans sa bibliothèque. Le lendemain, M. Ponthieu, mon libraire, me fit la grâce de m'annoncer qu'il avait vendu l'édition au poids.

J'avais tellement redouté de me mesurer avec la haute puissance d'expression qui caractérise l'antiquité, que je m'étais caché sous le rôle obscur de traducteur. Les pièces qui suivaient Smarra, et que je n'ai pas cru devoir supprimer, favorisaient cette supposition, que mon séjour assez long dans des provinces esclavonnes rendait d'ailleurs vraisemblable. C'étaient d'autres études que j'avais faites, jeune encore, sur une langue primitive, ou au moins autochtone, qui a pourtant son Iliade, la belle Osmanide de Gondola, mais je ne pensais pas que cette précaution mal entendue fût précisément ce qui soulèverait contre moi, à la seule inspection du titre de mon livre, l'indignation des littérateurs de ce temps-là, hommes d'une érudition modeste et tempérée dont les sages études n'avaient jamais passé la portée du père Pomey dans l'investigation des histoires mythologiques, et celle de M. l'abbé Valart dans l'analyse philosophique des langues. Le nom sauvage de l'Esclavonie les prévint contre tout ce qui pouvait arriver d'une contrée de barbares. On ne savait pas encore en France, mais aujourd'hui on le sait même à l'Institut, que Raguse est le dernier temple des muses grecques et latines; que les Boscovich, les Stay, les Bernard de Zamagna, les Urbain Appendini, les Sorgo, ont brillé à son horizon comme une constellation classique, du temps même où Paris se pâmait à la prose de M. de Louvet et aux vers de M. Demoustier; et que les savants esclavons, fort réservés d'ailleurs dans leurs prétentions, se permettent quelquefois de sourire assez malignement quand on leur parle des nôtres. Ce pays est le dernier, dit-on, qui ait conservé le culte d'Esculape, et on croirait qu'Apollon reconnaissant a trouvé quelque charme à exhaler les derniers sons de sa lyre aux lieux où l'on aimait encore le souvenir de son fils.

Un autre que moi aurait gardé pour sa péroraison la phrase que vous venez de lire et qui exciterait un murmure extrêmement flatteur à la fin d'un discours d'apparat, mais je ne suis pas si fier, et il me reste quelque chose à dire: c'est que j'ai précisément oublié jusqu'ici la critique la plus sévère qu'ait essuyée ce malheureux Smarra. On a jugé que la fable n'en était pas claire; qu'elle ne laissait à la fin de la lecture qu'une idée vague et presque inextricable; que l'esprit narrateur, continuellement distrait par les détails les plus fugitifs, se perdait à tout propos dans des digressions sans objet; que les transitions du récit n'étaient jamais déterminées par la liaison naturelle des pensées, junctura mixturaque, mais paraissaient abandonnées au caprice de la parole comme une chance du jeu de dés; qu'il était impossible enfin d'y discerner un plan rationnel et une intention écrite.

J'ai dit que ces observations avaient été faites sous une forme qui n'était pas celle de l'éloge; on pourrait aisément s'y tromper; car c'est l'éloge que j'aurais voulu. Ces caractères sont précisément ceux du rêve; et quiconque s'est résigné à lire Smarra d'un bout à l'autre, sans s'apercevoir qu'il lisait un rêve, a pris une peine inutile.

Les songes....

«Somnia fallaci ludunt temeraria nocte,
Et pavidas mentes falsa timere jubent»

«Les songes, dans la nuit trompeuse, se jouent de nous à la légère, ils font trembler nos âmes en leur inspirant de fausses terreurs.»
(CATULLE)[1]

[Note 1: Noter que Nodier attribue cette citation à Catulle, en réalité elle vient des Élégies, III, 4, v.7-8, de Tibulle. LGS]

«L'île est remplie de bruits, de sons et de doux airs qui donnent du plaisir sans jamais nuire. Quelquefois des milliers d'instruments tintent confusément à mon oreille; quelquefois ce sont des voix telles que, si je m'éveillais, après un long sommeil, elle me feraient dormir encore; et quelquefois en dormant il m'a semblé voir les nuées s'ouvrir, et montrer toutes sortes de biens qui pleuvaient sur moi, de façon qu'en me réveillant je pleurais comme un enfant de l'envie de toujours rêver.»

(SHAKESPEARE, La Tempête, acte III, scène 2.)

Le Prologue

Ah! qu'il est doux, ma Lisidis, quand le dernier tintement de cloche, qui expire dans les tours d'Arona vient nommer minuit, — qu'il est doux de venir partager avec toi la couche longtemps solitaire où je te rêvais depuis un an!

Tu es à moi, Lisidis, et les mauvais génies qui séparaient de ton gracieux sommeil le sommeil de Lorenzo ne m'épouvanteront plus de leurs prestiges!

On disait avec raison, sois-en sûre, que ces nocturnes terreurs qui assaillaient, qui brisaient mon âme pendant le cours des heures destinées au repos, n'étaient qu'un résultat naturel de mes études obstinées sur la merveilleuse poésie des anciens, et de l'impression que m'avaient laissée quelques fables fantastiques d'Apulée, car le premier livre d'Apulée saisit l'imagination d'une étreinte si vive et si douloureuse, que je ne voudrais pas, au prix de mes yeux, qu'il tombât sous les tiens.

Qu'on ne me parle plus aujourd'hui d'Apulée et de ses visions; qu'on ne me parle plus ni des Latins ni des Grecs, ni des éblouissants caprices de leurs génies! N'es-tu pas pour moi, Lisidis, une poésie plus belle que la poésie, et plus riche en divins enchantements que la nature toute entière?

Mais vous dormez, enfant, et vous ne m'entendez plus! Vous avez dansé trop tard ce soir au bal de l'île Belle!... Vous avez trop dansé, surtout quand vous ne dansiez pas avec moi, et vous voilà fatiguée comme une rose que les brises ont balancée tout le jour, et qui attend pour se relever, plus vermeille sur sa tige à demi penchée, le premier regard du matin!

Dormez donc ainsi près de moi, le front appuyé sur mon épaule, et réchauffant mon cœur de la tiédeur parfumée de votre haleine. Le sommeil me gagne aussi, mais il descend cette fois sur mes paupières, presque aussi gracieux qu'un de vos baisers. Dormez, Lisidis, dormez.

Il y a un moment où l'esprit suspendu dans le vague de ses pensées.... Paix! la nuit est tout à fait sur la terre. Vous n'entendez plus retentir sur le pavé sonore les pas du citadin qui gagne sa maison, ou la sole armée des mules qui arrivent au gîte du soir. Le bruit du vent qui pleure ou siffle entre les ais mal joints de la croisée, voilà tout ce qui reste des impressions ordinaires de vos sens, et au bout de quelques instants, vous imaginez que ce murmure lui-même existe en vous. Il devient une voix de votre âme, l'écho d'une idée indéfinissable, mais fixe, qui se confond avec les premières perceptions du sommeil. Vous commencez cette vie nocturne qui se passe (ô prodige!) dans les mondes toujours nouveaux, parmi d'innombrables créatures dont le grand Esprit a conçu la forme sans daigner l'accomplir, et qu'il s'est contenté de semer, volages et mystérieux fantômes, dans l'univers illimité des songes.

Les sylphes, tout étourdis du bruit de la veillée, descendent autour de vous en bourdonnant. Ils frappent du battement monotone de leurs ailes de phalène vos yeux appesantis, et vous voyez longtemps flotter dans l'obscurité profonde la poussière transparente et bigarrée qui s'en échappe, comme un petit nuage lumineux au milieu d'un ciel éteint. Ils se pressent, ils s'embrassent, ils se confondent, impatients de renouer la conversation magique des nuits précédentes, et de se raconter des événements inouïs qui se présentent cependant à votre esprit sous l'aspect d'une réminiscence merveilleuse. Peu à peu leur voix s'affaiblit, ou bien elle ne vous parvient que par un organe inconnu qui transforme leurs récits en tableaux vivants, et qui vous rend acteur involontaire des scènes qu'ils ont préparées; car l'imagination de l'homme endormi, dans la puissance de son âme indépendante et solitaire, participe en quelque chose à la perfection des esprits.

Elle s'élance avec eux, et, portée par miracle au milieu du cœur aérien des songes, elle vole de surprise en surprise jusqu'à l'instant où le chant d'un oiseau matinal avertit son escorte aventureuse du retour de la lumière. Effrayés du cri précurseur, ils se rassemblent comme un essaim d'abeilles au premier grondement du tonnerre, quand les larges gouttes de pluie font pencher la couronne des fleurs que l'hirondelle caresse sans les toucher. Ils tombent, rebondissent, remontent, se croisent comme des atomes entraînés par des puissances contraires, et disparaissent en désordre dans un rayon du soleil.

Le Récit

«*O rebus meis*
Non infideles arbitrae,
Nox, et Diana, quae silentium regis,
Arcana cum fiunt sacra;
Nunc, nunc adeste»

«*O fidèles témoins de mes œuvres, Nuit et toi, Diane qui entoures de silence nos sacrés mystères, venez maintenant, venez.*»

(HORACE, Épodes, V.)

«*Par quel ordre ces esprits irrités viennent-ils m'effrayer de leurs clameurs et de leurs figures de lutins? Qui roule devant moi ces rayons de feu? Qui me fait perdre mon chemin dans la forêt? Des singes hideux dont les dents grincent et mordent, ou bien des hérissons qui traversent exprès les sentiers pour se trouver sous mes pas et me blesser de leurs piquants.*»

(SHAKESPEARE, La Tempête, acte II, scène 2.)

Je venais d'achever mes études à l'école des philosophes d'Athènes, et, curieux des beautés de la Grèce, je visitais pour la première fois la poétique Thessalie. Mes esclaves m'attendaient à Larisse dans un palais disposé pour me recevoir. J'avais voulu parcourir seul, et dans les heures imposantes de la nuit, cette forêt fameuse par les prestiges des magiciennes, qui étend de longs rideaux d'arbres verts sur les rives du Pénée. Les ombres épaisses qui s'accumulaient sur le dais immense des bois laissaient à peine s'échapper à travers quelques rameaux plus rares, dans une clairière ouverte sans doute par la cognée du bûcheron, le rayon tremblant d'une étoile pâle et cernée de brouillards.

Mes paupières appesanties se rabaissaient malgré moi sur mes yeux fatigués de chercher la trace blanchâtre du sentier qui s'effaçait dans le taillis, et je ne résistais au sommeil qu'en suivant d'une attention pénible le bruit des pieds de mon cheval, qui tantôt faisait crier l'arène, et tantôt gémir l'herbe sèche en retombant symétriquement sur la route.

S'il s'arrêtait quelquefois, réveillé par son repos, je le nommais d'une voix forte, et je pressais sa marche devenue trop lente au gré de ma lassitude et de mon impatience. Étonné de je ne sais quel obstacle inconnu, il s'élançait par bonds, roulant dans ses narines des hennissements de feu, se cabrait de terreur et reculait plus effrayé par les éclairs que les cailloux brisés faisaient jaillir sous ses pas....

—Phlégon! Phlégon, lui dis-je en frappant de ma tête accablée son cou qui se dressait d'épouvante, ô mon cher Phlégon! n'est-il pas temps d'arriver à Larisse où attendent les plaisirs et surtout le sommeil si doux! Un instant de courage encore, et tu dormiras sur une litière de fleurs choisies; car la paille dorée qu'on recueille pour les bœufs de Cérès n'est pas assez fraîche pour toi!...—Tu ne vois pas, tu ne vois pas, dit-il en tressaillant... les torches qu'elles secouent devant nous dévorent la bruyère et mêlent des vapeurs mortelles à l'air que je respire.... Comment veux-tu que je traverse leurs cercles magiques et leurs danses menaçantes, qui feraient reculer jusqu'aux chevaux du soleil?

Et cependant le pas cadencé de mon cheval continuait toujours à raisonner à mon oreille, et le sommeil plus profond suspendait plus longtemps mes inquiétudes.

Seulement, il arrivait d'un instant à l'autre qu'un groupe éclairé de flammes bizarres passait en riant sur ma tête... qu'un esprit dif-forme, sous l'apparence d'un mendiant ou d'un blessé, s'attachait à mon pied et se laissait entraîner à ma suite avec une horrible joie, ou bien qu'un vieillard hideux, qui joignait la laideur honteuse du crime à celle de la caducité, s'élançait en croupe derrière moi et me liait de ses bras décharné comme ceux de la mort.

—Allons! Phlégon! m'écriais-je, allons le plus beau des coursiers qu'ait nourri le mont Ida, brave les pernicieuses terreurs qui en-chaînent ton courage!

Ces démons ne sont que de vaines apparences. Mon épée, tournée en cercle autour de ta tête, divise leurs formes trompeuses, qui se dissipent comme un nuage.

Quand les vapeurs du matin flottent au-dessous des cimes de nos montagnes, et que, frappées par le soleil levant, elles les enveloppent d'une ceinture à demi transparente, le sommet, séparé de la base, paraît suspendu dans les cieux par une main invisible. C'est ainsi Phlégon, que les sorcières de Thessalie se divisent sous le tranchant de mon épée. N'entends-tu pas au loin les cris de plaisir qui s'élèvent des murs de Larisse?... Voilà, voilà les tours superbes de la ville de Thessalie, si chère à la volupté; et cette musique qui vole dans l'air, c'est le chant de ses jeunes filles!

Qui me rendra d'entre vous, songes séducteurs qui bercez l'âme enivrée dans les souvenirs ineffables du plaisir, qui me rendra le chant des jeunes filles de Thessalie et les nuits voluptueuses de Larisse? Entre des colonnes d'un marbre à demi transparent, sous douze coupoles brillantes qui réfléchissent dans l'or et le cristal les feux de cent mille flambeaux, les jeunes filles de Thessalie, enveloppées de la vapeur colorée qui s'exhale de tous les parfums, n'offrent aux yeux qu'une forme indécise et charmante qui semble prête à s'évanouir. Le nuage merveilleux balance autour d'elles ou promène sur leur groupe enchanteur tous les jeux inconstants de sa lumière, les teintes fraîches de la rose, les reflets animés de l'aurore, le cliquetis éblouissant des rayons de l'opale capricieuse. Ce sont quelquefois des pluies de perles qui roulent sur leurs tuniques légères, ce sont quelquefois des aigrettes de feu qui jaillissent de tous les nœuds du lien d'or qui attache leurs cheveux. Ne vous effrayez pas de les voir plus pâles que les autres filles de la Grèce. Elles appartiennent à peine à la terre, et semble se réveiller d'une vie passée.

Elles sont tristes aussi, soit parce qu'elles viennent d'un monde où elles ont quitté l'amour d'un Esprit ou d'un Dieu, soit parce qu'il y a dans le cœur d'une femme qui commence à aimer un immense besoin de souffrir.

Écoutez cependant. Voilà les chants des jeunes filles de Thessalie, la musique qui monte, qui monte dans l'air, qui émeut, en passant comme une nue harmonieuse, les vitraux solitaires des ruines chères aux poètes. Écoutez!

Elles embrassent leurs lyres d'ivoire, interrogent les cordes sonores qui répondent une fois, vibrent un moment, s'arrêtent, et, devenues immobiles, prolongent encore je ne sais quelle harmonie sans fin que l'âme entend par tous les sens: mélodie pure comme la douce pensée d'une âme heureuse, comme le premier baiser de l'amour avant que l'amour se soit compris lui-même; comme le regard d'une mère qui caresse le berceau de l'enfant dont elle a rêvé la mort, et qu'on vient de lui rapporter, tranquille et beau dans son sommeil.

Ainsi s'évanouit, abandonné aux airs, égaré dans les échos, suspendu au milieu du silence du lac, ou mourant avec la vague au pied du rocher insensible, le dernier soupir du sistre d'une jeune femme qui pleure parce que son amant n'est pas venu. Elles se regardent, se penchent, se consolent, croisent leurs bras élégants, confondent leurs chevelures flottantes, dansent pour donner de la jalousie aux nymphes, et font jaillir sous leurs pas une poussière enflammée qui vole, qui blanchit, qui s'éteint, qui tombe en cendres d'argent; et l'harmonie de leurs chants coule toujours comme un fleuve de miel, comme le ruisseau gracieux qui embellit de ses murmures si doux des rives aimées du soleil et riche de secrets détours, de baies fraîches et ombragées, de papillon et de fleurs. Elles chantent....

Une seule peut-être... grande, immobile, debout, pensive.... Dieux! qu'elle est sombre et affligée derrière ses compagnes, et que veut-elle de moi? Ah! ne poursuit pas ma pensée, apparence imparfaite de la bien-aimée qui n'est plus, ne trouble pas le doux charme de mes veillées du reproche effrayant de ta vue? Laisse-moi, car je t'ai pleurée sept ans, laisse-moi oublier les pleurs qui brûlent encore mes joues dans les innocentes délices de la danse des sylphides et de la musique des fées.

Tu vois bien qu'elles viennent, tu vois leurs groupes se lier, s'arrondir en festons mobiles, inconstants, qui se disputent, qui se succèdent, qui s'approchent, qui fuient, qui montent comme la vague apportée par le flux, et descendent comme elle, en roulant sur les ondes fugitives toutes les couleurs de l'écharpe qui embrasse le ciel et la mer à la fin des tempêtes, quand elle vient briser en expirant le dernier point de son cercle immense contre la proue du vaisseau.

Et que m'importent à moi les accidents de la mer et les curieuses inquiétudes du voyageur, à moi qu'une faveur divine, qui fut peut-être dans une ancienne vie un des privilèges de l'homme, affranchit quand je le veux (bénéfice délicieux du sommeil) de tous les périls qui vous menacent?

À peine mes yeux sont fermés, à peine cesse la mélodie qui ravissait mes esprits, si le créateur des prestiges de la nuit creuse devant moi quelque abîme profond, gouffre inconnu où expirent toutes les formes, tous les sons et toutes les lumières de la terre; s'il se jette sur un torrent bouillonnant et avide de morts quelque pont rapide, étroit, glissant, qui ne promet pas d'issue; s'il me lance à l'extrémité d'une planche élastique, tremblante, qui domine sur des précipices que l'œil même craint de sonder... paisible, je frappe le sol obéissant d'un pied accoutumé à lui commander.

Il cède, il répond, je pars, et content de quitter les hommes, je vois fuir, sous mon essor facile, les rivières bleues des continents, les sombres déserts de la mer, le toit varié des forêts que bigarrent le vert naissant du printemps, le pourpre et l'or de l'automne, le bronze mat et le violet terne des feuilles crispées de l'hiver. Si quelque oiseau étourdi fait bruire à mon oreille ses ailes haletantes, je m'élance, je monte encore, j'aspire à des mondes nouveaux. Le fleuve n'est plus qu'un fil qui s'efface dans une verdure sombre, les montagnes qu'un point vague dont le sommet s'anéantit dans sa base, l'Océan qu'une tache obscure dans je ne sais quelle masse égarée au milieu des airs, où elle tourne plus rapidement que l'osselet à six faces que font rouler sur son axe pointu les petits enfants d'Athènes, le long des galeries aux larges dalles qui embrassent le Céramique.

Avez-vous jamais vu le long des murs du Céramique, lorsqu'ils sont frappés dans les premiers jours de l'année par les rayons du soleil qui régénère le monde, une longue suite d'hommes hâves, immobiles, aux joues creusées par le besoin, aux regards éteints et stupides: les uns accroupis comme des brutes; les autres debout, mais appuyés contre les piliers, et réfléchissants à demi sous le poids de leur corps exténué?

Les avez-vous vus, la bouche entrouverte pour aspirer encore une fois les premières influences de l'air vivifiant, recueillir avec une morne volupté les douces impressions de la tiède chaleur du printemps? Le même spectacle vous aurait frappé dans les murailles de Larisse, car il y a des malheureux partout: mais ici le malheur porte l'empreinte de la fatalité particulière qui est plus dégradante que la misère, plus poignante que la faim, plus accablante que le désespoir.

Ces infortunés s'avancent lentement à la suite les uns des autres, et marquent entre tous leurs pas de longues stations, comme des figures fantastiques disposées par un mécanicien habile sur une roue qui indique les divisions du temps. Douze heures s'écoulent pendant que le cortège silencieux suit le contour de la place circulaire, quoique l'étendue en soit si bornée qu'un amant peut lire d'une extrémité à l'autre, sur la main plus ou moins déployée de sa maîtresse, le nombre des heures de la nuit qui doivent amener l'heure si désirée du rendez-vous. Ces spectres vivants n'ont conservé presque rien d'humain. Leur peau ressemble à un parchemin blanc tendu sur des ossements. L'orbite de leurs yeux n'est pas animé par une seule étincelle de l'âme.

Leurs lèvres pâles frémissent d'inquiétude et de terreur, ou, plus hideuse encore, elles roulent un sourire dédaigneux et farouche, comme la dernière pensée d'un condamné résolu qui subit son supplice. La plupart sont agités de convulsions faibles, mais continues, et tremblent comme la branche de fer de cet instrument sonore que les enfants font bruire entre leurs dents. Les plus à plaindre de tous, vaincus par la destinée qui les poursuit, sont condamnés à effrayer à jamais les passants de la repoussante difformité de leurs membres noués et de leurs attitudes inflexibles. Cependant, cette période régulière de leur vie qui sépare deux sommeils est pour eux celle de la suspension des douleurs qu'ils redoutent le plus. Victimes de la vengeance des sorcières de Thessalie, ils retombent en proie à des tourments qu'aucune langue peut exprimer, dès que le soleil, prosterné sous l'horizontal occidental, a cessé de les protéger contre les redoutables souveraines des ténèbres. Voilà pourquoi ils suivent son cours trop rapide, l'œil toujours fixé sur l'espace qu'il embrasse, dans l'espérance toujours déçue, qu'il oubliera une fois sur son lit d'azur, et qu'il finira par rester suspendu aux nuages d'or du couchant.

À peine la nuit vient les détromper, en développant ses ailes de crêpe, sur lesquelles il ne reste pas même une des clartés livides qui mourraient tout à l'heure au sommet des arbres; à peine le dernier reflet qui pétillait encore sur le métal poli au faîte d'un bâtiment élevé achève de s'évanouir, comme un charbon encore ardent dans un brasier éteint, qui blanchit peu à peu sous la cendre, et ne se distingue bientôt plus au fond de l'âtre abandonné, un murmure formidable s'élève parmi eux, leurs dents se claquent de désespoir et de rage, ils se pressent et s'évitent de peur de trouver partout des sorcières et des fantômes. Il fait nuit!... et l'enfer va se rouvrir!

Il y en avait un, entre autres, dont toutes les articulations criaient comme des ressorts fatigués, et dont la poitrine exhalait un son plus rauque et plus sourd que celui de la vis rouillée qui tourne avec peine dans son écrou. Mais quelques lambeaux d'une riche broderie qui pendaient encore à son manteau, un regard plein de tristesse et de grâce qui éclaircissait de temps en temps la langueur de ses traits abattus, je ne sais quel mélange inconcevable d'abrutissement et de fierté qui rappelait le désespoir d'une panthère assujettie au bâillon déchirant du chasseur, le faisaient remarquer dans la foule de ses misérables compagnons; et quand il passait devant des femmes, on n'entendait qu'un soupir. Ses cheveux blonds roulaient en boucles négligées sur ses épaules, qui s'élevaient blanches et pures comme une étoffe de lis au-dessus de sa tunique pourpre.

Cependant, son cou portait l'empreinte du sang, la cicatrice triangulaire d'un fer de lance, la marque de la blessure qui me ravit Polémon au siège de Corinthe, quand ce fidèle ami se précipita sur mon cœur, au-devant de la rage effrénée du soldat déjà victorieux, mais jaloux de donner au champ de bataille un cadavre de plus. C'était ce Polémon que j'avais si longtemps pleuré, et qui revient toujours dans mon sommeil me rappeler avec un froid baiser que nous devons nous retrouver dans l'immortelle vie de la mort. C'était Polémon encore vivant, mais conservé pour une existence si horrible que les larves et les spectres de l'enfer se consolent entre eux en se racontant ses douleurs; Polémon tombé sous l'empire des sorcières de Thessalie et des démons qui composent leur cortège dans les solennités, les inexplicables solennités de leurs fêtes nocturnes.

Il s'arrêta, chercha longtemps d'un regard étonné à lier un souvenir à mes traits, se rapprocha de moi à pas inquiets et mesurés, toucha mes mains d'une main palpitante qui tremblait de les saisir, et après m'avoir enveloppé d'une étreinte subite que je ne ressentis pas sans effroi, après avoir fixé sur mes yeux un rayon pâle qui tombait de ses yeux voilés, comme le dernier jet d'un flambeau qui s'éloigne à travers la trappe d'un cachot:

—Lucius! Lucius! s'écria-t-il avec un rire affreux.

—Polémon, cher Polémon, l'ami, le sauveur de Lucius!...—Dans un autre monde, dit-il en baissant la voix, je m'en souviens... c'était dans un autre monde, dans une vie qui n'appartenait pas au sommeil et à ses fantômes?...—Que dis-tu de fantômes?...—Regarde, répondit-il en étendant le doigt dans le crépuscule!... Les voilà qui viennent.

Oh! ne te livre pas, jeune infortuné, aux inquiétudes des ténèbres!

Quand les ombres des montagnes descendent en grandissant, rapprochent de toutes parts la pointe et les côtés de leurs pyramides gigantesques, et finissent par s'embrasser en silence sur la terre obscure; quand les images fantastiques des nuages s'étendent, se confondent et rentrent ensemble sous le voile protecteur de la nuit, comme des époux clandestins; quand les oiseaux des funérailles commencent à crier derrière les bois, et que les reptiles chantent d'une voix cassée quelques paroles monotones à la lisière des marécages... alors, mon Polémon, ne livre pas ton imagination tourmentée aux illusions de l'ombre et de la solitude. Fuis les sentiers cachés où les spectres se donnent rendez-vous pour former de noires conjurations contre le repos des hommes; le voisinage des cimetières où se rassemble le conseil mystérieux des morts, quand ils viennent, enveloppés de leurs suaires, apparaître devant l'aréopage qui siège dans des cercueils: fuis la prairie découverte où l'herbe foulée en rond noircit, stérile et desséchée, sous le pas cadencé des sorcières. Veux-tu m'en croire Polémon? Quand la lumière, épouvantée à l'approche des mauvais esprits, se retire en pâlissant, viens ranimer avec moi ses prestiges dans les fêtes de l'opulence et dans les orgies de la volupté. L'or manque-t-il jamais à mes souhaits? Les mines les plus précieuses ont-elles une veine cachée qui me refuse ses trésors? Le sable même des ruisseaux se transforme sous ma main en pierres exquises qui feraient l'ornement des rois. Veux-tu m'en croire, Polémon?

C'est en vain que le jour s'éteindrait, tant que les feux que ses rayons ont allumés pour l'usage de l'homme pétillent encore dans les illuminations des festins, ou dans les clartés plus discrètes qui embellissent les veillées délicieuses de l'amour. Les Démons, tu le sais, craignent les vapeurs odorantes de la cire et de l'huile embaumée qui brillent doucement dans l'albâtre, ou versent des ténèbres roses à travers la double soie de nos riches tentures. Ils frémissent à l'aspect des marbres polis, éclairés par les lustres aux cristaux mobiles, qui lancent autour d'eux de longs jets de diamants, comme une cascade frappée du dernier regard d'adieu du soleil horizontal. Jamais une sombre lamie, une mante décharnée n'osa étaler la hideuse laideur de ses traits dans les banquets de Thessalie. La lune même qu'elles invoquent les effraie souvent, quand elle laisse tomber sur elles un de ces rayons passagers qui donnent aux objets qu'ils effleurent la blancheur terne de l'étain. Elles s'échappent alors plus rapides que la couleuvre avertie par le bruit du grain de sable qui roule sous les pieds du voyageur. Ne crains pas qu'elles te surprennent au milieu des feux qui étincellent dans mon palais, et qui rayonnent de toutes parts sur l'acier éblouissant des miroirs.

Vois plutôt, mon Polémon, avec quelle agilité elles se sont éloignées de nous depuis que nous marchons entre les flambeaux de mes serviteurs, dans ces galeries décorées de statues, chefs-d'œuvre inimitables du génie de la Grèce. Quelqu'une de ces images t'aurait-elle révélé par un mouvement menaçant la présence de ces esprits fantastiques qui les animent quelquefois, quand la dernière lueur qui se détache de la dernière lampe monte et s'éteint dans les airs? L'immobilité de leurs formes, la pureté de leurs traits, le calme de leurs attitudes qui ne changeront jamais, rassurerait la frayeur même. Si quelque bruit étrange a frappé ton oreille, ô frère chéri de mon cœur! c'est celui de la nymphe attentive qui répand sur tes membres appesantis par la fatigue les trésors de son urne de cristal, en y mêlant des parfums jusqu'ici inconnus à Larisse, un ambre limpide que j'ai recueilli sur le bord des mers qui baignent le berceau du soleil; le suc d'une fleur mille fois plus suave que la rose, qui ne croît que dans les épais ombrages de la brune Corcyre; les pleurs d'un arbuste aimé d'Apollon et de son fils, et qui étale sur les rochers d'Épidaure ses bouquets composés de cymbales de pourpre toutes tremblantes sous le poids de la rosée.

Et comment les charmes des magiciennes troubleraient-ils la pureté des eaux qui bercent autour de toi leurs ondes d'argent? Myrthé, cette belle Myrthé aux cheveux blonds, la plus jeune et la plus chérie de mes esclaves, celle que tu as vue se pencher à ton passage, car elle aime tout ce que j'aime... elle a des enchantements qui ne sont connus que d'elle et d'un esprit qui les lui confie dans les mystère du sommeil; elle erre maintenant comme une ombre autour de l'enceinte des bains où s'élève peu à peu la surface de l'onde salutaire; elle court en chantant des airs qui chassent les démons, et en touchant de temps à autre les cordes d'une harpe errante que des génies obéissants ne manquent jamais de lui offrir avant que ses désirs aient le temps de se faire connaître en passant de son âme à ses yeux. Elle marche; elle court; la harpe marche court et chante sous sa main. Écoute le bruit de la harpe qui résonne, la voix de la harpe de Myrthé; c'est un son plein, grave, solennel, qui fait oublier les idées de la terre, qui se prolonge, qui se soutient, qui occupe l'âme comme une pensée sérieuse; et puis il vole, il fuit, il s'évanouit, il revient; et les airs de la harpe de Myrthé (enchantements ravissants des nuits!), les airs de la harpe de Myrthé qui volent, qui fuient, qui s'évanouissent, qui reviennent encore — comme elle chante, comme ils volent, les airs de la harpe de Myrthé, les airs qui chassent le démon!... Écoute Polémon, les entends-tu?

J'ai éprouvé en vérité toutes les illusions des rêves, et que serais-je alors devenu sans le secours de la harpe de Myrthé, sans le secours de sa voix, si attentive à troubler le repos douloureux et gémissant de mes nuits?... Combien de fois je me suis penché dans mon sommeil sur l'onde limpide et dormante, l'onde trop fidèle à reproduire mes traits altérés, mes cheveux hérissés de terreur, mon regard fixe et morne comme celui du désespoir qui ne pleure plus!...Combien de fois j'ai frémi en voyant des traces de sang livide courir autour de mes lèvres pâles; en sentant mes dents chancelantes repoussées de leurs alvéoles, mes ongles détachés de leur racine s'ébranler et tomber! Combien de fois, effrayé de ma nudité, de ma honteuse nudité, je me suis livré inquiet à l'ironie de la foule avec une tunique plus courte, plus légère, plus transparente que celle qui enveloppe une courtisane au seuil du lit effronté de la débauche! Oh! combien de fois des rêves plus hideux, des rêves que Polémon lui-même ne connaît point....

Et que serais-je devenu alors, que serais-je devenu sans le secours de la harpe de Myrthé, sans le secours de sa voix et de l'harmonie qu'elle enseigne à ses sœurs, quand elles l'entourent obéissantes, pour charmer les terreurs du malheureux qui dort, pour faire bruire à son oreille des chants venus de loin, comme la brise qui court entre peu de voile, des chants qui se marient, qui se confondent, qui assoupissent les songes orageux du cœur et qui enchantent leur silence dans une longue mélodie.

Et maintenant, voici les sœurs de Myrthé qui ont préparé le festin. Il y a Théis, reconnaissable entre toutes les filles de Thessalie, quoique la plupart des filles de Thessalie aient des cheveux noirs qui tombent sur des épaules plus blanches que l'albâtre; mais il n'y en a point qui aient des cheveux en ondes souples et voluptueuses, comme les cheveux noirs de Théis. C'est elle qui penche sur la coupe ardente où blanchit un vin bouillant le vase d'une précieuse argile, et qui en laisse tomber goutte à goutte en topazes liquides le miel le plus exquis qu'ont ait jamais recueilli sur les ormeaux de Sicile. L'abeille privée de son trésor vole inquiète au milieu des fleurs; elle se pend aux branches solitaires de l'arbre abandonné, en demandant son miel aux zéphyrs. Elle murmure de douleur, parce que ses petits n'auront plus d'asile dans aucun des mille palais à cinq murailles qu'elle leur a bâtis avec une cire légère et transparente, et qu'ils ne goûteront pas le miel qu'elle avait récolté pour eux sur les buissons parfumés du mont Hybla.

C'est Théis qui répand dans un vin bouillant le miel dérobé aux abeilles de Sicile; et les autres sœurs de Théis, celles qui ont des cheveux noirs, car il n'y a que Myrthé qui soit blonde, elles courent soumises, empressées, caressantes, avec un sourire obéissant, autour des apprêts du banquet. Elles sèment des fleurs de grenades ou des feuilles de rose sur le lait écumeux; ou bien elles attisent les fournaises d'ambre et d'encens qui brûlent sous la coupe ardente où blanchit un vin bouillant, les flammes qui se courbent de loin autour du rebord circulaire, qui se penchent, qui se rapprochent, qui l'effleurent, qui caressent ses lèvres d'or, et finissent par se confondre avec les flammes aux langues blanches et bleues qui volent sur le vin. Les flammes montent, descendent, s'égarent comme ce démon fantastique des solitudes qui aime à se mirer dans les fontaines. Qui pourra dire combien de fois la coupe a circulé autour de la table du festin, combien de fois épuisée, elle a vu ses bords inondés d'un nouveau nectar? Jeunes filles n'épargnez ni le vin ni l'hydromel.

Le soleil ne cesse de gonfler de nouveaux raisins, et de verser des rayons de son immortelle splendeur dans la grappe éclatante qui se balance aux riches festons de nos vignes, à travers les feuilles rembrunies du pampre arrondi en guirlandes qui court parmi les mûriers de Tempé. Encore cette libation pour chasser les démons de la nuit! Quant à moi, je ne vois plus ici que les esprits joyeux de l'ivresse qui s'échappent en pétillant de la mousse frémissante, se poursuivent dans l'air comme des moucherons de feu, ou viennent éblouir de leurs ailes radieuses mes paupières échauffées; semblables à ces insectes agiles que la nature a ornés de feux innocents, et que souvent, dans la silencieuse fraîcheur d'une courte nuit d'été, on voit jaillir en essaim du milieu d'une touffe de verdure, comme une gerbe d'étincelles sous les coups redoublés du forgeron. Ils flottent emportés par une légère brise qui passe, ou appelés par quelque doux parfum dont ils se nourrissent dans le calice des roses. Le nuage lumineux se promène, se berce inconstant, se repose ou tourne un moment sur lui-même, et tombe tout entier sur le sommet d'un jeune pin qu'il illumine comme une pyramide consacrée aux fêtes publiques, ou à la branche inférieure d'un grand chêne à laquelle il donne l'aspect d'une girandole préparée pour les veillées de la forêt. Vois comme ils jouent autour de toi, comme ils frémissent dans les fleurs, comme ils rayonnent en reflets de feu sur les vases polis; ce ne sont point des démons ennemis. Ils dansent, ils se réjouissent, ils ont l'abandon et les éclats de la folie. S'ils s'exercent quelquefois à troubler le repos des hommes, ce n'est jamais que pour satisfaire, comme un enfant étourdi, à de riants caprices.

Ils se roulent, malicieux, dans le lin confus qui court autour du fuseau d'une vieille bergère, croisent, embrouillent les fils égarés, et multiplient les nœuds contrariants sous les efforts de son adresse inutile. Quand un voyageur qui a perdu sa route cherche d'un œil avide à travers tout l'horizon de la nuit quelque point lumineux qui promet un asile, longtemps ils le font errer de sentiers en sentiers, à la lueur d'un feu infidèle, au bruit d'une voix trompeuse, ou de l'aboiement éloigné d'un chien vigilant qui rôde comme une sentinelle autour de la ferme solitaire; ils abusent ainsi de l'espérance du pauvre voyageur, jusqu'à l'instant où, touchés de pitié pour sa fatigue, ils lui présentent tout à coup un gîte inattendu, que personne n'avait jamais remarqué dans ce désert; quelquefois même, il est étonné de trouver à son arrivée un foyer pétillant dont le seul aspect inspire la gaieté, des mets rares et délicats que le hasard a procurés à la chaumière du pêcheur ou du braconnier, et une jeune fille, belle comme les Grâces, qui le sert en craignant de lever les yeux: car il lui a paru que cet étranger était dangereux à regarder. Le lendemain, surpris qu'un si court repos lui ait rendu toutes ses forces, il se lève heureux au chant de l'alouette qui salue un ciel pur: il apprend que son erreur favorable a raccourci son chemin de vingt stades et demi, et son cheval, hennissant d'impatience, les naseaux ouverts, le poil lustré, la crinière lisse et brillante, frappe devant lui la terre d'un triple signal de départ. Le lutin bondit de la croupe à la tête du cheval du voyageur, il passe ses doigts subtils dans la vaste crinière, il la roule, la relève en onde; il regarde, il s'applaudit de ce qu'il a fait, et il part content pour aller s'égayer du dépit d'un homme endormi qui brûle de soif, et qui voit fuir, se diminuer, tarir devant ses lèvres allongées un breuvage rafraîchissant; qui sonde inutilement la coupe du regard; qui aspire inutilement la liqueur absente; puis se réveille, et trouve le vase rempli d'un vin de Syracuse qu'il n'a pas encore goûté, et que le follet a exprimé de raisins de choix, tout en s'amusant des inquiétudes de son sommeil. Ici, tu peux boire, parler ou dormir sans terreur, car les follets sont nos amis. Satisfais seulement à la curiosité impatiente de Théis et de Myrthé, à la curiosité plus intéressée de Thélaïre, qui n'a pas détourné de toi ses longs cils brillants, ses grands yeux noirs qui roulent comme des astres favorables sur un ciel baigné du plus tendre azur.

Raconte-nous, Polémon, les extravagantes douleurs que tu as crues éprouver sous l'empire des sorcières; car les tourments dont elles poursuivent notre imagination ne sont que la vaine illusion d'un rêve qui s'évanouit au premier rayon de l'aurore. Théis, Thélaïre et Myrthé sont attentives.... Elles écoutent....

Eh bien! parle... raconte-nous tes désespoirs, tes craintes et les folles erreurs de la nuit; et toi, Théis, verse du vin; et toi Thélaïre, souris à son récit pour que son âme se console; et toi, Myrthé, si tu le vois, surpris du souvenir de ses égarements, céder à une illusion nouvelle, chante et soulève les cordes de la harpe magique.... Demande-lui des sons consolateurs, des sons qui renvoient les mauvais esprits.... C'est ainsi qu'on affranchit les heures austères de la nuit de l'empire tumultueux des songes, et qu'on échappe de plaisirs en plaisirs aux sinistres enchantements qui remplissent la terre pendant l'absence du soleil.

L'Épisode

«Hanc ego de coelo ducentem sidera vidi:
Fluminis hoec rapidi carmine vertit iter.
Hoec cantu finditque solum, manesque sepulchris
Elicit, et tepido devorat ossa rogo.
Quum libet, hoec tristi depellit nubila coelo;
Quum libet, aestivo convocat orbe nives.»

«Cette femme, je l'ai vu de mes yeux attirer les astres du ciel; elle détourne par ses incantations le cours d'un fleuve rapide; sa voix fait s'entrouvrir le sol, sortir les mânes du tombeau, descendre les ossements du bûcher tiède. Quand elle veut, elle dissipe les nuages qui attristent le ciel; quand elle veut, elle fait tomber la neige dans un ciel d'été.»

(CATULLE, I, 2.)

«Compte que cette nuit tu auras des tremblements et des convulsions; les démons, pendant tout ce temps de nuit profonde où il leur est permis d'agir, exerceront sur toi leur cruelle malice. Je t'enverrai des pincements aussi serrés que les cellules de la ruche, et chacun d'eux sera aussi brûlant que l'aiguillon de l'abeille qui la construit.»

(SHAKESPEARE, La Tempête, acte II, sc. 2.)

Qui de vous ne connaît, ô jeunes filles! les doux caprices des femmes, dit Polémon réjoui. Vous avez aimé sans doute, et vous savez comment le cœur d'une veuve pensive qui égare ses souvenirs solitaires sur les rives ombragées du Pénée, se laisse surprendre quelquefois par le teint rembruni d'un soldat dont les yeux étincellent du feu de la guerre, et dont le sein brille de l'éclat d'une généreuse cicatrice. Il marche fier et tendre parmi les belles comme un lion apprivoisé qui cherche à oublier dans les plaisirs d'une heureuse et facile servitude le regret de ses déserts.

C'est ainsi que le soldat aime à occuper le cœur des femmes, quand il n'est plus appelé par le clairon des batailles et que les hasards du combat ne sollicitent plus son ambition impatiente. Il sourit du regard aux jeunes filles, et il semble leur dire: Aimez-moi!...

Vous savez aussi, puisque vous êtes Thessaliennes, qu'aucune femme n'a jamais égalé en beauté cette noble Méroé qui, depuis son veuvage, traîne de longue draperies blanches brodées d'argent; Méroé, la plus belle des belles de Thessalie, vous le savez. Elle est majestueuse comme les déesses, et cependant il y a dans ses yeux je ne sais quelles flammes mortelles qui enhardissent les prétentions de l'amour. — Oh! combien de fois je me suis plongé dans l'air qu'elle entraîne, dans la poussière que ses pieds font voler, dans l'ombre fortunée qui la suit!...

Combien de fois je me suis jeté au devant de sa marche pour dérober un rayon à ses regards, un souffle à sa bouche, un atome au tourbillon qui flatte, qui caresse ses mouvements; combien de fois (Thélaïre, me le pardonneras-tu?), j'épiais la volupté brûlante de sentir un des plis de sa robe frémir contre ma tunique ou de pouvoir ramasser d'une lèvre avide une des paillettes de ses broderies dans les allées des jardins de Larisse! Quand elle passait, vois-tu, tous les nuages rougissaient comme à l'approche de la tempête; mes oreilles sifflaient, mes prunelles s'obscurcissaient dans leur orbite égarée, mon cœur était près de s'anéantir sous le poids d'une intolérable joie. Elle était là! je saluais les ombres qui avaient flotté sur elle, j'aspirais l'air qui l'avait touchée; je disais à tous les arbres des rivages: Avez-vous vu Méroé? Si elle s'était couchée sur un banc de fleurs, avec quel amour jaloux je recueillais les fleurs que son corps avait froissées, les blancs pétales imbibés de carmin qui décorent le front penché de l'anémone, les flèches éblouissantes qui jaillissent du disque d'or de la marguerite, le voile d'un chaste gaze qui se roule autour d'un jeune lis avant qu'il ait souri au soleil; et si j'osais presser d'un embrassement sacrilège tout ce lit de fraîche verdure, elle m'incendiait d'un feu plus subtil que celui dont la mort a tissé les vêtements nocturne d'un fiévreux. Méroé ne pouvait pas manquer de me remarquer. J'étais partout. Un jour, à l'approche du crépuscule, je trouvai son regard; il souriait; elle m'avait devancé, son pas se ralentit. J'étais seul derrière elle, et je la vis se détourner. L'air était calme, il ne troublait pas ses cheveux, et sa main soulevée s'en rapprochait comme pour réparer leur désordre. Je la suivis, Lucius, jusqu'au palais, jusqu'au temple de la princesse de Thessalie, et la nuit descendit sur nous, nuit de délices et de terreur!... Puisse-t-elle avoir été la dernière de ma vie et avoir fini plus tôt!

Je ne sais si tu as jamais supporté avec une résignation mêlée d'impatience et de tendresse le poids du corps d'une maîtresse endormie qui s'abandonne au repos sur ton bras étendu sans s'imaginer que tu souffres; si tu as essayé de lutter contre le frisson qui saisit peu à peu ton sang, contre l'engourdissement qui enchaîne tes muscles soumis; de t'opposer à la conquête de la mort qui menace de s'étendre jusqu'à ton âme! C'est ainsi, Lucius, qu'un frémissement douloureux parcourait rapidement mes nerfs, en les ébranlant de tremblements inattendus comme le crochet aigu du plectrum qui fait dissoner toutes les cordes de la lyre, sous les doigts d'un musicien habile. Ma chair se tourmentait comme une membrane sèche approchée du feu.

Ma poitrine soulevée était près de rompre, en éclatant, les liens de fer qui l'enveloppaient, quand Méroé, tout à coup assise à mes côtés, arrêta sur mes yeux un regard profond, étendit sa main sur mon cœur pour s'assurer que le mouvement en était suspendu, l'y reposa longtemps, pesante et froide, et s'enfuit loin de moi de toute la vitesse d'une flèche que la corde de l'arbalète repousse en frémissant. Elle courait sur les marbres du palais, en répétant les airs des vieilles bergères de Syracuse qui enchantent la lune dans ses nuages de nacre et d'argent, tournait dans les profondeurs de la salle immense, et criait de temps à autre, avec les éclats d'une gaieté horrible, pour rappeler je ne sais quels amis qu'elle ne m'avait pas encore nommés.

Pendant que je regardais plein de terreur, et que je voyais descendre le long des murailles, se presser sous les portiques, se balancer sous les voûtes, une foule innombrable de vapeurs distinctes les unes des autres, mais qui n'avait de la vie que des apparences de formes, une voix faible comme le bruit de l'étang le plus calme dans une nuit silencieuse, une couleur indécise empruntée aux objets devant lesquels flottaient leurs figures transparentes... la flamme azurée et pétillante jaillit tout à coup de tous les trépieds, et Méroé formidable volait de l'un à l'autre en murmurant des paroles confuses:

«Ici de la verveine en fleur... là, trois brins de sauge cueillis à minuit dans le cimetière de ceux qui sont morts par l'épée... ici, le voile de la bien-aimée sous lequel le bien-aimé cacha sa pâleur et sa désolation après avoir égorgé l'époux endormi pour jouir de ses amours... ici encore, les larmes d'une tigresse excédée par la faim, qui ne se console pas d'avoir dévoré un de ses petits!»

Et ses traits renversés exprimaient tant de souffrance et d'horreur qu'elle me fit presque pitié.

Inquiète de voir ses conjurations suspendues par quelque obstacle imprévu, elle bondit de rage, s'éloigna, revint armée de deux longues baguettes d'ivoire, liées à leur extrémité par un lacet composé de treize crins, détachés du cou d'une superbe cavale blanche par le voleur même qui avait tué son maître, et sur la tresse flexible elle fit voler le rhombus d'ébène, aux globes vides et sonores, qui bruit et hurla dans l'air et revint en roulant avec un grondement sourd, et roula encore en grondant, et puis se ralentit et tomba. Les flammes des trépieds se dressaient comme des langues de couleuvres; et les ombres étaient contentes.»Venez, venez, criait Méroé, il faut que les démons de la nuit s'apaisent et que les morts se réjouissent. Apportez-moi de la verveine en fleur, de la sauge cueillie à minuit, et du trèfle à quatre feuilles; donnez des moissons de jolis bouquets à Saga et aux démons de la nuit.» Puis tournant un œil étonné sur l'aspic d'or dont les replis s'arrondissaient autour de son bras nu; sur le bracelet précieux, ouvrage du plus habile artiste de Thessalie qui n'y avait épargné ni le choix des métaux, ni la perfection du travail,—l'argent y était incrusté en écailles délicates, et il n'y avait pas une dont la blancheur ne fût relevée par l'éclat d'un rubis ou par la transparence si douce au regard d'un saphir plus bleu que le ciel.—Elle le détache, elle médite, elle rêve, elle appelle le serpent en murmurant des paroles secrètes; et le serpent animé se déroule et fuit avec un sifflement de joie comme un esclave délivré. Et le rhombus roule encore; il roule toujours en grondant, il roule comme la foudre éloignée qui se plaint dans des nuages emportés par le vent, et qui s'éteint en gémissant dans un orage fini. Cependant, toutes les voûtes s'ouvrent, tous les espaces du ciel se déploient, tous les astres descendent, tous les nuages s'aplanissent et baignent le seuil comme des parvis de ténèbres. La lune, tachée de sang, ressemble au bouclier de fer sur lequel on vient de rapporter le corps d'un jeune Spartiate égorgé par l'ennemi. Elle roule et appesantit sur moi son disque livide, qu'obscurcit encore la fumée des trépieds éteints. Méroé continue à courir en frappant de ses doigts, d'où jaillissent de longs éclairs, les innombrables colonnes du palais, et chaque colonne qui se divise sous les doigts de Méroé découvre une colonnade immense qui est peuplée de fantômes, et chacun des fantômes frappe comme elle une colonne qui ouvre des colonnades nouvelles; et il n'y a pas une colonne qui ne soit témoin du sacrifice d'un enfant nouveau-né arraché aux caresses de sa mère. Pitié! pitié! m'écriai-je, pour la mère infortunée qui dispute son enfant à la mort.—Mais cette prière étouffée n'arrivait à mes lèvres qu'avec la force du souffle d'un agonisant qui dit: Adieu! Elle expirait en sons inarticulés sur ma bouche balbutiante.

Elle mourait comme le cri d'un homme qui se noie, et qui cherche en vain à confier aux eaux muettes le dernier appel du désespoir. L'eau insensible étouffe sa voix; elle le recouvre, morne et froide; elle dévore sa plainte; elle ne le portera jamais jusqu'au rivage.

Tandis que je me débattais contre la terreur dont j'étais accablé, et que j'essayais d'arracher de mon sein quelque malédiction qui réveillât dans le ciel la vengeance des dieux: Misérable! s'écria Méroé, sois puni à jamais de ton insolente curiosité!... Ah! tu oses violer les enchantements du sommeil.... Tu parles, tu cris et tu vois.... Eh bien! tu ne parleras plus que pour te plaindre, tu ne crieras plus que pour implorer en vain la sourde pitié des absents, tu ne verras plus que des scènes d'horreur qui glaceront ton âme.... Et en s'exprimant ainsi, avec une voix plus grêle et plus déchirante que celle d'une hyène égorgée qui menace encore les chasseurs, elle détachait de son doigt la turquoise chatoyante qui étincelait de flammes variées comme les couleurs de l'arc-en-ciel, ou comme la vague qui bondit à la marée montante, et réfléchit en se roulant sur elle-même les feux du soleil levant. Elle presse du doigt un ressort inconnu qui soulève la pierre merveilleuse sur sa charnière invisible, et découvre dans un écrin d'or je ne sais quel monstre sans couleur et sans forme, qui bondit, hurle, s'élance, et tombe accroupi sur le sein de la magicienne.«Te voilà, dit-elle, mon cher Smarra, le bien-aimé, l'unique favori de mes pensées amoureuses, toi que la haine du ciel a choisi dans tous ses trésors pour le désespoir des enfants de l'homme. Va, je te l'ordonne, spectre flatteur, ou décevant ou terrible, va tourmenter la victime que je t'ai livrée; fais-lui des supplices aussi variés que les épouvantements de l'enfer qui t'a conçu, aussi cruels, aussi implacables que ma colère. Va te rassasier des angoisses de son cœur palpitant, compter les battements convulsifs de son pouls qui se précipite, qui s'arrête... contempler sa douloureuse agonie et la suspendre pour la recommencer... À ce prix, fidèle esclave de l'amour, tu pourras au départ des songes redescendre sur l'oreiller embaumé de ta maîtresse, et presser dans tes bras caressants la reine des terreurs nocturnes.... «Elle dit et le monstre jaillit de sa main brûlante comme le palet arrondi du discobole, il tourne dans l'air avec la rapidité de ces feux artificiels qu'on lance sur les navires, étend des ailes bizarrement festonnées, monte, descend, grandit, se rapetisse, et, nain difforme et joyeux, dont les mains sont armées d'ongles d'un métal plus fin que l'acier, qui pénètrent la chair sans la déchirer, et boivent le sang à la manière de la pompe insidieuse des sangsues, il s'attache sur mon cœur, se développe, soulève sa tête énorme et rit. En vain mon œil, fixe d'effroi, cherche dans l'espace qu'il peut embrasser un objet qui le rassure: les mille démons de la nuit escortent l'affreux démon de la turquoise. Des femmes rabougries au regard ivre; des serpents rouges et violets dont la bouche jette du feu; des lézards qui élèvent au-dessus d'un lac de boue et de sang un visage pareil à celui de l'homme; des têtes nouvellement détachées du tronc par la hache du soldat, mais qui me regarde avec des yeux vivants, et s'enfuient en sautillant sur des pieds de reptiles....

Depuis cette nuit funeste, ô Lucius, il n'est plus de nuits paisibles pour moi. La couche parfumée des jeunes filles qui n'est ouverte qu'aux songes voluptueux; la tente infidèle du voyageur qui se déploie tous les soirs sous de nouveaux ombrages; le sanctuaire même des temples est un asile impuissant contre les démons de la nuit.

À peine mes paupières, fatiguées de lutter contre le sommeil si redouté, se ferment d'accablement, tous les monstres sont là, comme à l'instant où je les ai vus s'échapper avec Smarra de la bague magique de Méroé. Ils courent en cercle autour de moi, m'étourdissent de leurs cris, m'effaraient de leurs plaisirs et souillent mes lèvres frémissantes de leurs caresses de harpies. Méroé les conduit et plane au-dessus d'eux en secouant sa longue chevelure, d'où s'échappent des éclairs d'un bleu livide. Hier encore... elle était bien plus grande que je ne l'ai vue autrefois... c'était les mêmes formes et les mêmes traits, mais sous leur apparence séduisante je discernais avec effroi, comme au travers d'une gaze subtile et légère, le teint plombé de la magicienne et ses membres couleur de souffre:

ses yeux fixes et creux étaient tout noyés de sang, des larmes de sang sillonnaient ses joues profondes, et sa main déployée dans l'espace, laissait imprimée sur l'air même la trace d'une main de sang....

— Viens, me dit-elle en m'effleurant d'un signe du doigt qui m'aurait anéanti s'il m'avait touché, viens visiter l'empire que je donne à mon époux, car je veux que tu connaisses tous les domaines de la terreur et du désespoir... — Et en parlant ainsi elle volait devant moi, les pieds à peine détachés du sol, et s'approchant ou s'éloignant alternativement de la terre, comme la flamme qui danse au-dessus d'une torche prête à s'éteindre. Oh! que l'aspect du chemin que nous dévorions en courant était affreux à tous les sens! Que la magicienne elle-même paraissait impatiente d'en trouver la fin! Imagine-toi le caveau funèbre où elle entasse les débris de toutes les innocentes victimes de leurs sacrifices, et, parmi les plus imparfaits de ces restes mutilés, pas un lambeau qui n'ait conservé une voix, des gémissements et des pleurs!

Imagine-toi des murailles mobiles, mobiles et animées, qui se resserrent de part et d'autre au-devant de tes pas, et qui embrassent peu à peu tous tes membres de l'enceinte d'une prison étroite et glacée.... Ton sein oppressé qui se soulève, qui tressaille, qui bondit pour aspirer l'air de la vie à travers la poussière des ruines, la fumée des flambeaux, l'humidité des catacombes, le souffle empoisonné des morts... et tous les démons de la nuit qui crient, qui sifflent, hurlent ou rugissent à ton oreille épouvantée: Tu ne respireras plus!

Et pendant que je marchais, un insecte mille fois plus petit que ce-lui qui attaque d'une dent impuissante le tissu délicat des feuilles de rose; un atome disgracié qui passe mille ans à imposer un de ses pas sur la sphère universelle des cieux dont la matière est mille fois plus dure que le diamant.... Il marchait, il marchait aussi; et la trace obstinée de ses pieds paresseux avait divisé ce globe impérissable jusqu'à son axe.

Après avoir parcouru ainsi, tant notre élan était rapide, une distance pour laquelle les langages de l'homme n'ont point de terme de comparaison, je vis jaillir de la bouche d'un soupirail, voisin comme la plus éloignée des étoiles, quelques traits d'une blanche clarté. Pleine d'espérance, Méroé s'élança, je la suivis, entraîné par une puissance invincible; et d'ailleurs le chemin du retour, effacé comme le néant, infini comme l'éternité, venait de se fermer derrière moi d'une manière impénétrable au courage et à la patience de l'homme. Il y avait déjà entre Larisse et nous tous les débris des mondes innombrables qui ont précédé celui-ci dans les essais de la création, depuis le commencement des temps, et dont le plus grand nombre ne le surpassent pas moins en immensité qu'il n'excède lui-même de son étendue prodigieuse, le nid invisible du moucheron. La porte sépulcrale qui nous reçut ou plutôt qui nous aspira au sortir de ce gouffre s'ouvrait sur un champ sans horizon, qui n'avait jamais rien produit. On y distinguait à peine un coin reculé du ciel le contour indécis d'un astre immobile et obscur, plus immobile que l'air, plus obscur que les ténèbres qui règne dans ce séjour de désolation. C'était le cadavre du plus ancien des soleils, couché sur le fond ténébreux du firmament, comme un bateau submergé sur un lac grossi par la fonte des neiges. La lueur pâle qui venait de frapper mes yeux ne provenait point de lui. On aurait dit qu'elle n'avait aucune origine et qu'elle n'était qu'une couleur particulière de la nuit, à moins qu'elle ne résultat de l'incendie de quelque monde éloigné dont la cendre brûlait encore.

Alors le croiras-tu? elles vinrent toutes, les sorcières de Thessalie, escortées de ces nains de la terre qui travaillent dans les mines, qui ont un visage comme le cuivre et des cheveux bleus comme l'argent dans la fournaise; de ces salamandres aux longs bras, à la queue aplatie en rame, aux couleurs inconnues, qui descendent vivantes et agiles du milieu des flammes, comme des lézards noirs à travers une poussière de feu; elles vinrent suivies des Aspioles qui ont le corps si frêle, si élancé, surmonté d'une tête difforme, mais riante, et qui se balancent sur les ossements de leurs jambes vides et grêles, semblable à un chaume stérile agité par le vent; des Achrones qui n'ont point de membres, point de voix, point de figures, point d'âge, et qui bondissent en pleurant sur la terre gémissante, comme des outres gonflées d'air; des Psylles qui sucent un venin cruel, et qui, avides de poisons, dansent en rond en poussant des sifflements aigus pour éveiller les serpents, pour les réveiller dans l'asile caché, dans le trou sinueux des serpents. Il y avait là jusqu'aux Morphoses que vous avez tant aimé, qui sont belles comme Psyché, qui jouent comme les Grâces, qui ont des concerts comme les Muses, et dont le regard séducteur, plus pénétrant, plus envenimé que la dent de la vipère, va incendier votre sang et faire bouillir la moelle dans vos os calcinés. Tu les aurais vues, enveloppées dans leurs linceuls de pourpre, promener autour d'elles des nuages plus brillants que l'Orient, plus parfumés que l'encens d'Arabie, plus harmonieux que le premier soupir d'une vierge attendrie par l'amour, et dont la vapeur enivrante fascinait pour la tuer. Tantôt leurs yeux roulent une flamme humide qui charme et qui dévore; tantôt elles penchent la tête avec une grâce qui n'appartient qu'à elles, en sollicitant votre confiance crédule, d'un sourire caressant, du sourire d'un masque perfide et animé qui cache la joie du crime et la laideur de la mort. Que te dirais-je? Entraîné par le tourbillon des esprits qui flottait comme un nuage; comme la fumée d'un rouge sanglant qui descend d'une ville incendiée; comme la lave liquide qui répand, croise, entrelace des ruisseaux ardents sur une campagne de cendres... j'arrivai... j'arrivai.... Tous les sépulcres étaient ouverts... tous les morts étaient exhumés... toutes les goules, pâles, impatientes, affamées, étaient présentes; elles brisaient les ais des cercueils, déchiraient les vêtements sacrés, les derniers vêtements du cadavre; se partageaient d'affreux débris avec une plus affreuse volupté, et, d'une main irrésistible, car j'étais hélas! faible et captif comme un enfant au berceau, elles me forçaient à m'associer... ô terreur... à leur exécrable festin!...

En achevant ces paroles, Polémon se souleva sur son lit, et, tremblant, éperdu, les cheveux hérissés, le regard fixe et terrible, il nous appela d'une voix qui n'avait rien d'humain.

— Mais les airs de la harpe de Myrthé volaient déjà dans les airs; les démons étaient apaisés, le silence était calme comme la pensée de l'innocent qui s'endort la veille de son jugement. Polémon dormait paisible aux doux sons de la harpe de Myrthé.

L'Épode

«Ergo exercentur poenis, veterumque malorum
Supplicia expendunt; alioe panduntur inanes
Suspensoe ad ventos, aliis sub gurgite vasto
Infectum èluitur scelus, aut exuritur igni.»

«Ici donc le châtiment les éprouve, et elles expient par des supplices leurs anciens crimes. Les unes, suspendues dans les airs, sont le jouet des vents; les autres, plongées dans un vaste gouffre, s'y lavent de leurs souillures criminelles, ou s'épurent dans le feu.»

(VIRGILE, Énéïde, ch. VI, 739-742.)

«C'est la coutume de dormir après ses repas, et le moment est favorable pour lui briser le crâne avec un marteau, lui ouvrir le ventre avec un pieu, ou lui couper la gorge avec un poignard.»

(SHAKESPEARE, La Tempête, acte II, scène 2.)

Les vapeurs du plaisir et du vin avaient étourdi mes esprits, et je voyais malgré moi les fantômes de l'imagination de Polémon se poursuivre dans les recoins les moins éclairés de la salle du festin. Déjà il s'était endormi d'un sommeil profond sur le lit semé de fleurs, à côté de sa coupe renversée, et mes jeunes esclaves surprises par un abattement plus doux, avaient laissé tomber leur tête appesantie contre la harpe qu'elles tenaient embrassée.

Les cheveux d'or de Myrthé descendaient comme un long voile sur son visage entre les fils d'or qui pâlissent auprès d'eux, et l'haleine de son doux sommeil, errant sur les cordes harmonieuses, en tirait encore je ne sais quel son voluptueux qui venait mourir à mon oreille. Cependant les fantômes n'étaient pas partis; ils dansaient toujours dans les ombres des colonnes et dans la fumée des flambeaux. Impatient de ce prestige imposteur de l'ivresse, je ramenai sur ma tête les frais rameaux du lierre préservateur, et je fermai avec force mes yeux tourmentés par les illusions de la lumière. J'entendis alors une étrange rumeur, où je distinguais des voix tour à tour graves et menaçantes, ou injurieuses et ironiques.

Une d'elles me répétait avec une fastidieuse monotonie, quelques vers d'une scène d'Eschyle; une autre les dernières leçons que m'avait adressées mon aïeul mourant; de temps en temps comme une bouffée de vent qui court en sifflant parmi les branches mortes et les feuilles desséchées dans les intervalles de la tempête, une figure dont je sentais le souffle éclatait de rire contre ma joue, et s'éloignait en riant encore. Des illusions bizarres et horribles succédèrent à cette illusion. Je croyais voir, à travers un nuage de sang, tous les objets sur lesquels mes regards venaient de s'éteindre: ils flottaient devant moi et me poursuivaient d'attitudes horribles et de gémissements accusateurs. Polémon toujours couché auprès de sa coupe vide, Myrthé toujours appuyée sur sa harpe immobile, poussaient contre moi des imprécations furieuses, et me demandaient compte de je ne sais quel assassinat. Au moment où je me soulevais pour leur répondre, et où j'étendais mes bras sur la couche rafraîchie par d'amples libations de liqueurs et de parfums, quelque chose de froid saisit les articulations de mes mains frémissantes: c'était un nœud de fer, qui au même instant tomba sur mes pieds engourdis, et je me trouvai debout entre deux haies de soldats livides, étroitement serrés, dont les lances terminées par un fer éblouissant représentaient une longue suite de candélabres. Alors je me mis à marcher, en cherchant du regard, dans le ciel, le vol de la colombe voyageuse, pour confier au moins à ses soupirs, avant le moment horrible que je commençais à prévoir, le secret d'un amour caché qu'elle pourrait raconter un jour en planant près de la baie de Corcyre, au-dessus d'une jolie maison blanche; mais la colombe pleurait sur son nid, parce que l'autour venait de lui enlever le plus cher des oiseaux de sa couvée, et je m'avançais d'un pas pénible et mal assuré vers le but de ce convoi tragique, au milieu d'un murmure d'affreuse joie qui courait à travers la foule, et qui appelait impatiemment mon passage; le murmure du peuple à la bouche béante, à la vue altérée de douleur dont la sanglante curiosité boit du plus loin possible toutes les larmes de la victime que le bourreau va lui jeter. Le voilà, criaient-ils tous, le voilà…—Je l'ai vu sur un champ de bataille, disait un vieux soldat, mais il n'était pas alors blême comme un spectre, et il paraissait brave à la guerre.—Qu'il est petit, ce Lucius dont on faisait un Achille et un Hercule! reprenait un nain que je n'avais pas remarqué parmi eux. C'est la terreur, sans doute qui anéanti sa force et qui fléchit ses genoux.

—Est-on bien sûr que tant de férocité ait pu trouver place dans le cœur d'un homme? dit un vieillard aux cheveux blancs dont le doute glaça mon cœur. Il ressemblait à mon père.—Lui! repartit la voix d'une femme, dont la physionomie exprimait tant de douceur....

Lui! répéta-t-elle en s'enveloppant de son voile pour éviter l'horreur de mon aspect... le meurtrier de Polémon et de la belle Myrthé!...—Je crois que le monstre me regarde, dit une femme du peuple. Ferme-toi, œil de basilic, âme de vipère, que le ciel te maudisse!

—Pendant ce temps-là les tours, les rues, la ville entière fuyaient derrière moi comme le port abandonné par un vaisseau aventureux qui va tenter les destins de la mer. Il ne restait qu'une place nouvellement bâtie, vaste, régulière, superbe, couverte d'édifices majestueux, inondée d'une foule de citoyens de tous les états, qui renonçaient à leurs devoirs pour obéir à l'attrait d'un plaisir piquant. Les croisées étaient garnies de curieux avides, entre lesquels on voyait des jeunes gens disputer l'étroite embrasure à leur mère ou à leur maîtresse. L'obélisque élevé au-dessus des fontaines, l'échafaudage tremblant du maçon, les tréteaux nomades du baladin, portaient des spectateurs. Des hommes haletants d'impatience et de volupté pendaient aux corniches des palais, et embrassant de leurs genoux les arêtes de la muraille, ils répétaient avec une joie immodérée: Le voilà! Une petite fille dont les yeux hagards annonçaient la folie, et qui avait une tunique bleue toute froissée et des cheveux blonds poudrés de paillettes, chantait l'histoire de mon supplice. Elle disait les paroles de ma mort et la confession de mes forfaits, et sa complainte cruelle révélait à mon âme épouvantée des mystères du crime impossibles à concevoir pour le crime même. L'objet de tout ce spectacle, c'était moi, un autre homme qui m'accompagnait, et quelques planches exhaussées sur quelques pieux, au-dessus desquelles le charpentier avait fixé un siège grossier et un bloc de bois mal équarri qui le dépassait d'une demi-brasse. Je montai quatorze degrés; je m'assis; je promenai mes yeux sur la foule; je désirai de reconnaître des traits amis, de trouver dans le regard circonspect d'un adieu honteux, des lueurs d'espérance ou de regret; je ne vis que Myrthé qui se réveillait contre sa harpe, et qui la touchait en riant; que Polémon qui relevait sa coupe vide, et qui, à demi étourdi par les fumées de son breuvage, la remplissait encore d'une main égarée. Plus tranquille, je livrai ma tête au sabre si tranchant et si glacé de l'officier de la mort. Jamais un frisson plus pénétrant n'a couru entre les vertèbres de l'homme; il était saisissant comme le dernier baiser que la fièvre imprime au cou d'un moribond, aigu comme l'acier raffiné, dévorant comme le plomb fondu.

Je ne fus tiré de cette angoisse que par une commotion terrible: ma tête était tombée... elle avait roulé, rebondi sur le hideux parvis de l'échafaud, et, prête à descendre toute meurtrie entre les mains des enfants, des jolis enfants de Larisse, qui se jouent avec des têtes de morts, elle s'était rattachée à une planche saillante en la mordant avec ces dents de fer que la rage prête à l'agonie. De là je tournais mes yeux vers l'assemblée, qui se retirait silencieuse mais satisfaite. Un homme venait de mourir devant le peuple. Tout s'écoula en exprimant un sentiment d'admiration pour celui qui ne m'avait pas manqué, et un sentiment d'horreur contre l'assassin de Polémon et de la belle Myrthé. — Myrthé! Myrthé! m'écriai-je en rugissant, mais sans quitter la planche salutaire. — Lucius! Lucius! répondit-elle en sommeillant à demi, tu ne dormiras donc jamais tranquille quand tu as vidé une coupe de trop! Que les dieux infernaux te pardonnent, et ne dérange plus mon repos. J'aimerais mieux coucher au bruit du marteau de mon père, dans l'atelier où il tourmente le cuivre, que parmi les terreurs nocturnes de ton palais.

Et pendant qu'elle me parlait, je mordais, obstiné, le bois humecté de mon sang fraîchement répandu, et je me félicitais de sentir croître les sombres ailes de la mort qui se déployaient lentement au-dessous de mon cou mutilé. Toutes les chauves-souris du crépuscule m'effleuraient caressante, en me disant: Prends des ailes!... et je commençais à battre avec effort je ne sais quels lambeaux qui me soutenaient à peine. Cependant tout à coup j'éprouvai une illusion rassurante. Dix fois je frappai les lambris funèbres du mouvement de cette membrane presque inanimée que je traînais autour de moi comme les pieds flexibles du reptile qui se roule dans le sable des fontaines; dix fois je rebondis en m'essayant peu à peu dans l'humide brouillard. Qu'il était noir et glacé! et que les déserts de ténèbres sont tristes! Je remontai enfin jusqu'à la hauteur des bâtiments les plus élevés, et je planai en rond autour du socle solitaire, que ma bouche mourante venait d'effleurer d'un sourire et d'un baiser d'adieu. Tous les spectateurs avaient disparu, tous les bruits avaient cessé, tous les astres étaient cachés, toutes les lumières évanouies. L'air était immobile, le ciel glauque, terne, froid comme une tôle mate. Il ne restait rien de ce que j'avais vu, de ce que j'avais imaginé sur la terre, et mon âme épouvantée d'être vivante fuyait avec horreur une solitude plus immense, une obscurité plus profonde que la solitude et l'obscurité du néant. Mais cet asile que je cherchais, je ne le trouvais pas. Je m'élevais comme le papillon de nuit qui a nouvellement brisé ses langes mystérieux pour déployer le luxe inutile de sa parure pourpre, d'azur et d'or.

S'il aperçoit de loin la croisée du sage qui veille en écrivant à la lueur d'une lampe de peu de valeur, ou d'une jeune épouse dont le mari s'est oublié à la chasse, il monte, il cherche à se fixer, bat le vitrage en frémissant, s'éloigne, roule, bourdonne, et tombe en chargeant la talc transparent de toute la poussière de ses ailes fragiles.

C'est ainsi que je battais des mornes ailes que le trépas m'avait donné les voûtes d'un ciel d'airain, qui ne me répondait que par un sourd retentissement, et je redescendais en planant en rond autour du socle solitaire, du socle que ma bouche mourante venait d'effleurer d'un sourire et d'un baiser d'adieu. Le socle n'était plus vide. Un autre homme venait d'y appuyer sa tête, sa tête renversée en arrière, et son cou montrait à mes yeux la trace de la blessure, la cicatrice triangulaire du fer de lance qui me ravit Polémon au siège de Corinthe. Ses cheveux ondoyants roulaient leurs boucles dorées autour du bloc sanglant: mais Polémon, tranquille et les paupières abattues, paraissait dormir d'un sommeil heureux. Quelque sourire qui n'était pas celui de la terreur volait sur ses lèvres épanouies, et appelait de nouveaux chants de Myrthé, ou de nouvelles caresses de Thélaïre. Aux traits du jour pâle qui commençait à se répandre dans l'enceinte de mon palais, je reconnaissais à des formes encore un peu indécises toutes les colonnes et tous les vestibules, parmi lesquels j'avais vu se former pendant la nuit les danses funèbres des mauvais esprits. Je cherchais Myrthé; mais elle avait quitté sa harpe, et, immobile entre Thélaïre et Théis, elle arrêtait un regard morne et cruel sur le guerrier endormi. Tout à coup au milieu d'elles s'élança Méroé: l'aspic d'or qu'elle avait détaché de son bras sifflait en glissant sous les voûtes; le rhombus retentissant roulait et grondait dans l'air; Smarra convoqué pour le départ des songes du matin, venait réclamer la récompense promise par la reine des terreurs nocturnes, et palpitait auprès d'elle d'un hideux amour en faisant bourdonner ses ailes avec tant de rapidité, qu'elle n'obscurcissaient pas du moindre nuage la transparence de l'air.

—Théis, et Thélaïre, et Myrthé dansaient échevelées et poussaient des hurlements de joie. Près de moi d'horribles enfants aux cheveux blancs, au front ridé, à l'œil éteint, s'amusaient à m'enchaîner sur mon lit des plus fragiles réseaux de l'araignée qui jette son filet perfide à l'angle de deux murailles contiguës pour y surprendre un pauvre papillon égaré. Quelques-uns recueillaient ces fils d'un blanc soyeux dont les flocons légers échappent au fuseau miraculeux des fées, et ils les laissaient tomber de tout le poids d'une chaîne de plomb sur mes membres excédés de douleur.

—Lève-toi, me disaient-ils avec des rires insolents, et ils brisaient mon sein oppressé en le frappant d'un chalumeau de paille, rompu en forme de fléau, qu'ils avaient dérobé à la gerbe d'une glaneuse. Cependant j'essayais de dégager des frêles liens qui les captivaient mes mains redoutables à l'ennemi, et dont le poids s'est fait sentir souvent aux Thessaliens dans les jeux cruels du ceste et du pugilat; et mes mains redoutables, mes mains exercées à soulever un ceste de fer qui donne la mort, mollissaient sur la poitrine désarmée du nain fantastique, comme l'éponge battue par la tempête au pied d'un vieux rocher que la mer attaque sans l'ébranler depuis le commencement des siècles. Ainsi s'évanouit sans laisser de traces, avant même d'effleurer l'obstacle dont le rapproche un souffle jaloux, ce globe aux mille couleurs, jouet éblouissant et fugitif des enfants.

La cicatrice de Polémon versait du sang, et Méroé, ivre de volupté, élevait au-dessus du groupe avide de ses compagnes le cœur déchiré du soldat qu'elle venait d'arracher de sa poitrine. Elle en refusait, elle en disputait les lambeaux aux filles de Larisse altérées de sang. Smarra protégeait de son vol rapide et de ses sifflements menaçant l'effroyable conquête de la reine des terreurs nocturnes. À peine il caressait lui-même de l'extrémité de sa trompe, dont la longue spirale se déroulait comme un ressort, le cœur sanglant de Polémon, pour tromper un moment l'impatience de sa soif; et Méroé, la belle Méroé, souriait à sa vigilance et à son amour.

Les liens qui me retenaient avaient enfin cédé; et je tombais debout, éveillé au pied du lit de Polémon, tandis que loin de moi fuyaient tous les démons, et toutes les sorcières, et toutes les illusions de la nuit. Mon palais même, et les jeunes esclaves qui en faisaient l'ornement, fortune passagère des songes, avaient fait place à la tente d'un guerrier blessé sous les murailles de Corinthe, et au cortège lugubre des officiers de la mort. Les flambeaux du deuil commençaient à retentir sous les voûtes souterraines du tombeau. Et Polémon... ô désespoir! ma main tremblante demandait en vain une faible ondulation à sa poitrine. — Son cœur ne battait plus. — Son sein était vide.

L'Épilogue

Ah! qui viendra briser leurs poignards, qui pourra étancher le sang de mon frère et le rappeler à la vie! Oh! que suis-je venu chercher ici! Éternelle douleur! Larisse, Thessalie, Tempé, flots du Pénée que j'abhorre! ô Polémon, cher Polémon!...

«Que dis-tu, au nom de notre bon ange, que dis-tu de poignards et de sang? Qui te fait balbutier depuis si longtemps des paroles qui n'ont point d'ordre, ou gémir d'une voix étouffée comme un voyageur qu'on assassine au milieu de son sommeil, et qui est réveillé par la mort?... Lorenzo, mon cher Lorenzo...»

Lisidis, Lisidis, est-ce toi qui m'a parlé? en vérité, j'ai cru reconnaître ta voix, et j'ai pensé que les ombres s'en allaient. Pourquoi m'as-tu quitté pendant que je recevais dans mon palais de Larisse les derniers soupirs de Polémon, au milieu des sorcières qui dansent de joie? Vois, comme elles dansent de joie....

«..Hélas! je ne connais ni Polémon, ni Larisse, ni la joie formidable des sorcières de Thessalie. Je ne connais que Lorenzo. C'était hier — as-tu pu l'oublier si vite? — que revenait pour la première fois le jour qui a vu consacrer notre mariage; c'était hier le huitième jour de notre mariage... regarde, regarde le jour, regarde Arona, le lac et le ciel de Lombardie...»

Les ombres vont et reviennent, elles me menacent, elles parlent avec colère, elles parlent de Lisidis, d'une jolie petite maison au bord des eaux, et d'un rêve que j'ai fait sur une terre éloignée... elles grandissent, elles me menacent, elles crient....

«De quel nouveau reproche veux-tu me tourmenter, cœur ingrat et jaloux? Ah! je sais bien que tu te joues de ma douleur, et que tu ne cherches qu'à excuser quelque infidélité, ou à couvrir d'un prétexte bizarre une rupture préparée d'avance.... Je ne te parlerai plus.»

Où est Théis, où est Myrthé, où sont les harpes de Thessalie? Lisidis, Lisidis, si je ne me suis pas trompé en entendant ta voix, ta douce voix, tu dois être là, près de moi... toi seule peux me délivrer des prestiges et des vengeances de Méroé.... Délivre-moi de Théis, de Myrthé, de Thélaïre elle-même....

«C'est toi, cruel, qui porte trop loin la vengeance, et qui veux me punir d'avoir dansé hier trop longtemps avec un autre que toi au bal de l'île Belle; mais s'il avait osé me parler d'amour, s'il m'avait parlé d'amour...»

Par saint Charles d'Arona, que Dieu l'en préserve à jamais.... Serait-il vrai en effet, ma Lisidis, que nous sommes revenus de l'île Belle au doux bruit de ta guitare, jusqu'à notre jolie maison d'Arona,—de Larisse, de Thessalie, au doux bruit de ta harpe et des eaux du Pénée?

«Laisse la Thessalie. Lorenzo, réveille-toi... vois les rayons du soleil levant qui frappe la tête colossale de saint Charles. Écoute le bruit du lac qui vient mourir au pied de notre jolie maison d'Arona. Respire les brises du matin qui portent sur leurs ailes si fraîches tous les parfums des jardins et des îles, tous les murmures du jour naissant. Le Pénée coule bien loin d'ici.»

Tu ne comprendras jamais ce que j'ai souffert cette nuit sur ses rivages. Que ce fleuve soit maudit de la nature, et maudite aussi la maladie funeste qui a égaré mon âme pendant des heures plus longues que la vie dans des scènes de fausses délices et de cruelles terreurs! elle a imposé sur mes cheveux le poids de dix ans de vieillesse!

«Je te jure qu'ils n'ont pas blanchi... mais une autre fois plus attentive, je lierais une de mes mains à ta main, je glisserai l'autre dans les boucles de tes cheveux, je respirerai toute la nuit le souffle de tes lèvres, et je me défendrai d'un sommeil profond pour pouvoir te réveiller toujours avant que le mal qui te tourmente soit parvenu jusqu'à ton cœur.... Dors-tu?»

Note sur le *rhombus*

Ce mot, fort mal expliqué par les lexicographes et les commentateurs, a occasionné tant de singulières méprises, qu'on me pardonnera peut-être d'en épargner de nouvelles aux traducteurs à venir. M. Noël lui-même, dont la saine érudition est rarement en défaut, n'y voit qu'une sorte de roue en usage dans les opérations magiques; plus heureux toutefois dans cette rencontre que son estimable homonyme, l'auteur de l'*Histoire des pêches*, qui, trompé par une conformité de nom fondée sur une conformité de figure, a regardé le *rhombus* comme un poisson, et qui fait honneur au turbot des merveilles de cet instrument de Sicile et de Thessalie. Lucien, cependant, qui parle d'un *rhombos* d'airain, témoigne assez qu'il est question d'autre chose que d'un poisson. Perrot d'Ablancourt a traduit «un miroir d'airain», parce qu'il y avait en effet des miroirs faits en rhombe, et que la forme se prend quelquefois pour la chose dans le style figuré. Belin de Ballu a rectifié cette erreur pour tomber dans une autre. Théocrite fait dire à une de ses bergères: «Comme le *rhombos* tourne rapidement au gré de mes désirs, ordonne, Vénus, que mon amant revienne à ma porte avec la même vitesse.» Le traducteur latin de l'inappréciable édition de Libert approche beaucoup de la vérité:

Utque volvitur hic aeneus orbis, ope Veneris,
Sic ille voluatur ante nostras fores.

Un globe d'airain n'a rien de commun avec un miroir. Il est fait aussi mention du rhombus dans la seconde élégie du livre second de Properce, et dans la trentième épigramme du neuvième livre de Martial, sauf erreur. Il est presque décrit, dans la huitième élégie du livre premier des Amours, où Ovide passe en revue les secrets de la magicienne qui instruit sa fille aux mystères exécrables de son art; et je dois le secret d'une découverte, d'ailleurs bien insignifiante, à cette réminiscence:

Scit bene [Saga] quid gramen, quid torto concita rhombo
Licia, quid valeat, etc.

Concita licia, torto rhombo, indiquent assez clairement un instrument arrondi chassé par des lanières, et qu'on ne saurait confondre avec le *turbo* des enfants de Rome, qui n'a jamais été d'airain, et qui ne ressemble pas plus à un miroir qu'à un poisson; les poètes n'auraient d'ailleurs pas cherché pour le désigner le terme inusité de rhombus, puisque *turbo* figurait assez honorablement dans la langue poétique. Virgile a dit: *Versare turbinem,* et Horace: *Citamque retro solve turbinem.*

Je ne suis toutefois pas éloigné de croire que, dans ce dernier exemple où Horace parle des enchantements des sorcières, il fait allusion au *rhombos* de Thessalie et de Sicile, dont le nom latinisé n'a été employé qu'après lui.

On me demandera probablement ce que c'est que le *rhombus*, si on a pris la peine de lire cette note, qui n'est pas destinée aux dames et qui est de fort peu d'intérêt pour tout le monde. Tout s'accorde à prouver que le *rhombus* n'est autre chose que ce jouet d'enfant dont la projection et le bruit ont effectivement quelque chose d'effrayant et de magique, et qui, par une singulière analogie d'impression, a été renouvelé de nos jours sous le nom de DIABLE.

Petit lexique de Smarra

NOTE: Il s'agit davantage d'éclaircissements sur les mots utilisés que de simples définitions. Comme on a très souvent consulté plusieurs sources pour chaque mot et que les informations ont été résumées, il faudrait situer le présent lexique dans la catégorie des gloses. L'énumération qui suit n'est donc pas une étude lexicale complète pour chaque mot, mais une lecture du lexique appliquée au conte. Quelques termes techniques se rapportent au paratexte.

Affreux: (Nodier écrit: dans tous les sens du terme, est-ce une piste?) Du germanique aifr signifiant horrible, terrible devenu en provençal: affres voulant dire horreur, tourment, torture. Qualifiant l'abominable, l'atroce, l'effrayant, le monstrueux, le méchant, le hideux, le vilain, le repoussant, le détestable, le terrible...(des milliers de nuances étymologiques à exploiter!)

Aigrettes (de feu): Ornement de pierres précieuses.

Aménité: Du latin amoenitas. Rare, parole aimable, acte plaisant; par ironie, paroles blessantes (se dire des aménités.).

Aréopage: Tribunal d'Athènes, genre de cour supérieure de justice au-dessus des juges. Assemblée de personnes choisies pour leur notoriété et leur compétence.

Caducité: État d'une personne caduque, décrépite, vieille, sans vigueur.

Cérès: Déesse romaine des moissons.

Ceste: Du latin, courroie garnie de plomb dont les pugilistes de l'Antiquité s'entouraient les mains.

Corcyre: Île de la mer Ionienne colonisée par les Corinthiens (8e av. J. C.), Corfou de nos jours.

Corinthe: Ville grecque rivale d'Athènes et de Sparte.

Dais: Genre de voûte en tissus soutenue par des montants placés au-dessus d'êtres ou d'objets éminents.

Discobole: Lanceur de disque ou de palet.

Épidaure: Ville d'Argolie où se trouve, à flanc de montagne, le théâtre grec le mieux conservé.

Girandole: Gerbe tournante de feux d'artifice.

Goule: Terme oriental pour démon femelle dévorant les cadavres dans les cimetières. Grâces: Aglaé, la brillante, Thalie pour la croissance des plantes, Euphrosyne présidant à la joie intérieure.

Harpa: Du grec, faucille ou crochet.

Harpe: Du latin, instrument de musique à cordes pincées en forme de triangle.

Harpie: Monstre fabuleux à tête de femme et à corps de vautour ayant des griffes acérées.

Hâve: D'une pâleur et d'une maigreur maladives.

Labilité: Néologisme, issu de labile, du latin labia pour lèvres, mais aussi dans l'action de sujet à changement, à défaillance, glissement ou tombée (de lèvres...)

Lamie: Monstre femelle qui volait les enfants pour les dévorer.

Malléer: néologisme, battre et étendre un fragment de métal au marteau.

Nosographie: du grec, nosos pour maladie et graphein signifiant écrire. Signe, description de symptômes, portrait d'état de déséquilibre. Tout écrit faisant état d'un malaise physique, social ou sentimental. S'oppose à l'hagiographie si elle touche des aspects moraux.

Palingénésie: Chez les Stoïciens, retour éternel des mêmes événements. Renaissance des êtres ou des sociétés conçue comme source d'évolution et de perfectionnement, régénération, résurrection., retour à la vie. Réapparition de caractères ancestraux (atavisme), et par extension, hérédité des idées et des comportements (préface 2).

Pampre: Jeune rameau de l'année de la vigne. Ornement sur lequel figure un rameau de vigne sinueux avec feuilles et grappes.

Phalène: Grand papillon nocturne ou crépusculaire appelé aussi «géomètre».

Plectrum: Mot latin: baguette pour jouer de la lyre, peut être son synonyme ou représenter un genre de poésie lyrique sans emploi du JE. (Plectre, mot français pour la baguette de lyre.) Aussi en grec, plektron racine de plêssein qui signifie frapper.

Procrastination: Du latin pro, pour, en faveur de; de crastinum, lendemain, futur, et actio pour action. Néologisme voulant dire action en faveur du futur.

Rodomontade: Bravade, fanfaronnade, vantardise.

Sistre: Instrument de musique de la Grèce antique composé d'un cadre sur lequel sont enfilées des coques de fruits et des coquillages qui émettent des sons différents en s'entrechoquant. Si l'on comprend bien Smarra est un sistre!

Charles Nodier (1780-1844) à découvert

À son époque, cet auteur français fut une référence inestimable pour une quantité impressionnante d'écrivains qui sont tous devenus célèbres. En 1824, il était bibliothécaire à l'Arsenal et pendant plus de dix ans, il y anima des salons réunissant ceux qui furent reconnus comme les génies de la littérature du dix-neuvième siècle. On a tort de mettre son œuvre en retrait et de ne noter que ce rôle d'hôte passif à l'endroit de ses invités qui allaient se faire prestigieux. La trace de son génie transparaît dans les œuvres immortelles de ces célébrités, parce qu'elles l'avaient lu et s'en étaient inspirées. On avance que le surréalisme à la Gérard de Nerval avait pris racines suite à la lecture de Nodier. Ses amis, Victor Hugo et Alphonse de Lamartine, appréciaient son érudition et ses avis inspirés. La première esquisse de La tentation de St-Antoine, s'intitulait Smahr (en 1838, 17 ans après la première édition de Smarra!).

Bref, Nodier était plus que ce bonhomme caricaturé par les historiens de la littérature française, en bibliophile maniaque et en conteur amusant.

À l'ère de l'hypertexte et de la technolittérature, le conte Smarra mérite une lecture attentive. En le lisant, vous vivrez une actualisation à rebours de ce que l'on croit être une œuvre littéraire. Habituellement, le verbe «actualiser» indique le passage du virtuel au réel. Or, la recréation de Charles Nodier, exactement comme on le vit en se déplaçant dans l'espace de l'Internet, opère un branchement universel par le biais d'une écriture transposant la réalité du cauchemar. Le cauchemar, événement intime connu de toutes ou de tous, projette l'individu à la rencontre de «sites» où plusieurs êtres se rejoignent dans une dimension virtuelle, et aucune fenêtre n'y indique le nombre de visiteurs qui les ont parcourus!

Pour vous avoir donné l'occasion de découvrir Charles Nodier dans Smarra, je vous demande de me transmettre vos impressions de lecture. Peut-être quelques semaines après l'avoir lu, de me raconter vos propres cauchemars....

Vous trouverez en annexe, des informations qui vous permettront de poser un regard sur ce Charles Nodier à découvrir, pour qu'il soit enfin à découvert.

L.G. SAVARD (lgsavard@destination.ca)

Chronologie des œuvres de Charles Nodier

NOTE: Celle-ci a été montée dans le but de situer et d'établir: des relations entre Smarra et les autres contes, avec les champs d'érudition déjà explorés dans divers écrits de Nodier. Ainsi, on peut discerner des marques d'intertextualité dans Smarra, mesurer l'évolution de la pensée de l'auteur et expliquer pourquoi les éditions de ses œuvres sont difficiles à réunir. À ce sujet, lire les propos en fin de cette chronologie, sur sa carrière de journaliste et d'éditeur. On connaît mieux celle de bibliothécaire....

1798

«Dissertation sur l'usage des antennes dans les insectes, et sur l'organe de l'ouïe dans ces mêmes animaux.» en collaboration avec Luczot de la Thébaudais.

1801

«Bibliographie entomologique.»

«Pensées de Shakespeare.»

Théâtre: «Lequel des deux ou L'amant incognito.».

1802

«Stella ou Les proscrits.»

«La Napoléonne.» (Ode satirique)

1803

«Le dernier chapitre de mon roman.» (anonyme)

«Le peintre de Salzbourg suivi de.... Les méditations du Cloître.»

1804

«Essais d'un jeune barde.» (Nodier a 24 ans)

1806

«Les Tristes, ou Mélanges tirés des tablettes d'un suicide.»

«Une heure, ou La Vision.» (1er récit fantastique, le vrai exercice...)

1808

«Dictionnaire des onomatopées.» (Travail sur l'origine des mots)

«Apothéose et Imprécations de Pythagore.»

1810

Prospectus d'un ouvrage non publié: «Archéologie ou système universel et raisonné des langues.»

1812

«Museum entomologicum « «Questions de littérature légale.»

1815

«Histoire des sociétés secrètes de l'armée.»

1818

«Jean Sbogar« (Roman)

1819

«Thérèse Aubert.» (Roman)

«Des exilés.» (anonyme)

1820

«Adèle« (Roman épistolaire)

«Les Vampires.» (En collaboration, mélodrame joué au théâtre)

1821

«Smarra «(conte) (15 ans après le 1er conte fantastique)

«Promenade de Dieppe aux montagnes d'Écosse.»

1822

«Trilby «(conte)

«Infernalia «(Recueil de contes terrifiants)

«Essai sur la philosophie des langues ou l'Alphabet naturel.»

1823

«Adieux «(Poème paru dans le journal La Muse Française)

«Essai critique sur le gaz hydrogène et les divers modes d'éclair-age artificiel.»

1824 (bibliothécaire à l'Arsenal)

1827

«Poésies«

1828

«Examen critique des dictionnaires de langue française.»

1829

«Souvenirs et portraits de la Révolution française.»

«Mélanges tirés d'une petite bibliothèque, ou Variétés littéraires et philosophiques.»

1830

«Histoire du roi de Bohème et ses sept châteaux, suivi de...Les Aveugles de Chamouny et Le chien Brisquet.»

1831

«De quelques phénomènes du sommeil, de l'amour et de son influence, comme sentiment, sur la société actuelle.» (Essai)

«M. de la Metterie ou les Superstitions.»

«Mémoire de Maxime Odin ou Souvenirs de jeunesse.»

«Livre des Cent-et-un «

1832

«Histoire d'Hélène Grillet.» (Conte)

«L'Amour et le Grimoire.» (Conte)

«Mademoiselle de Marsan.» (Roman)

«De la Palingénésie humaine et de la Résurrection.» (Essai)

«Les œuvres complètes de Charles Nodier» (En 12 volumes) au tome IV, 1ère apparition de «La Fée aux miettes» (Conte célèbre)

1833

«Hurlubleu et Léviathan-le-long.» (Fantaisies)

«Les morts fiancés.» (Conte)

«L'homme et la fourmi.»

«Le Dessin de Piranèse ««Baptiste Montauban ou l'Idiot.» (Conte)

«La Combe de l'homme mort.» (Conte)

«Trésor des Fèves et Fleur des pois» (Conte)

«Marie-Sybille Mérian.» (Conte)

«Le dernier banquet des Girondins.» (Conte)

«Jean-François-les-bas-bleus.» (Conte)

Élection à l'Académie française

1834

«Notions de linguistique.»

1836

«Voyage pittoresque et industriel dans le Paraguay-Roux.» (Fantaisies)

«Paul ou la Ressemblance.» (Conte)

«M. Gazotte.»

1837

«Inès de Las Sierra.» (Conte)

«La légende de sœur Béatrix.» (Conte)

«Le Génie Bonhomme.» (Conte)

«Les Quatre Talismans.» (Conte)

«La Neuvaine de la Chandeleur.» (Conte)

1839

«Lydie ou la Résurrection.» (Conte)

1841

Fin de l'édition des œuvres complètes.

1842

«Les Marionnettes.» (Essai)

L'éparpillement explicable....

Charles Nodier a beaucoup publié dans des périodiques. C'est pourquoi il éditera sur neuf ans, les tomes de son œuvre complète. Voici la liste des revues et journaux dans lesquels Nodier a écrit:

Le Télégraphe Illyrien, Le Journal des Débats, Les Archives de la littérature et des arts,

Le Défenseur, Le Drapeau blanc, La Quotidienne, La Muse française, La Revue de Paris,

Le Bulletin du Bibliophile, Le Temps, La Revue des Deux Mondes et d'autres.

De plus....

Il a traduit des ouvrages étrangers et rédigé de nombreuses préfaces, agissant ou non comme éditeur. Les douze volumes d'Oeuvres Complètes de Charles Nodier, qu'il a lui-même assemblés, écartent plusieurs de ses textes. Par exemple, son essai autobiographique intitulé «Moi-même «écrit en 1799 ne sera publié qu'en 1922. (Il s'agit d'une fantaisie!) Ses contes (pour adultes, dans la majorité des cas.) ont fait l'objet de plusieurs éditions depuis 1841, à divers titres et selon des choix précis: Contes fantastiques, Contes de la Veillée, Contes du père Nodier et le reste.